那时候身边苦的事情太多了，
遇见泉鸣是最甜的一件。

岁末至

人可木各——作品

团结出版社

又是岁末平常的一天。
这是我们第830次和你见面。

好神奇,好美妙,
毕竟是太阳,流出来也带着光。

目录
contents

楔子
001

太阳篇
009

亮点篇
129

番外　同学会
247

楔子

电话响起来的时候,卢宋正在晚市上吃烧烤。他把羊腰子送进嘴里,侧头打开手机,现在已经不早了,晃鸣一般不会在这个时候找他。

卢宋接通电话。

"你在哪?"是晃鸣的声音,有点哑,但听起来精神不错。

"万福路这儿。"

那边没声音,应该是觉得太远了,哼了一声后才说:"赶紧来鼎苑。"

"您受伤了?"

"别人,"晃鸣在抽烟,"不是我。"

前几天风很大,把市里的云吹散了,所以晚上格外亮,天是黑蓝色的,可以看见星星。卢宋打了辆出租车,他出来的时候没开车,晃鸣的语气听起来可不像是小事情,他要赶快过去,免得真惹出点什么来,这小少爷要他好看。

他给司机加了钱,让他跑近道。

卢宋在鼎苑门口下了车。鼎苑是市里的第一批集体别墅小区,入住率不高。这房子是晃大少爷晃挥在晃鸣"读研"那年买给他的,划在晃鸣名下。卢宋也是从那时候开始照顾晃鸣的,晃鸣虽说今年就要毕业,但这几年可没少给他惹麻烦。说好听点他是给晃鸣管事,难听点他就是给晃鸣擦屁股的。

今天，这位爷指不定又搞了什么幺蛾子。卢宋开门，客厅灯关着，黑，乱七八糟的一片。他打开左侧的壁灯，沙发和地毯上到处都是凌乱堆叠的衣服。

卢宋扶额，有非常不好的预感，他认命地往楼上走。晁鸣的房间在最里面，现在透着一条缝儿，卢宋能看见从里面溜出来的暖黄光。他竖起耳朵听，很安静。

"卢宋？"

里面突然传出晁鸣的声音，在卢宋还没来得及回答的时候又催道："磨磨蹭蹭找死吗？赶紧进来。"

"来了。"卢宋小跑过去，如果不是晁挥压着他，他简直想一脚踢爆晁鸣的头。

卢宋进去的时候看见晁鸣正站在窗户旁边，他飞快地扫了眼晁鸣，发现他真没事。就在准备松口气的时候，卢宋看到了掉在床下的毛巾。

上面是血。

"我去！"卢宋往后退了一步，"晁鸣，你这样我可真管不了了，打电话给你哥吧。"

"鼻血。"晁鸣侧着脸用眼"剜"他，头发扫在眉毛上，那样子像极了他哥，把卢宋吓得手抖。他说完，伸手朝床上点了两下，力道很大，仿佛戳的不是空气而是卢宋的脑袋。

卢宋赔笑，小步挪到床边。

床上躺着个人。

瘦瘦的薄薄的，藏在厚实的被子下面，似乎就消失了一样。卢宋看到几撮头发，他掀开被子的时候还不小心碰到了它们。

看到这个人的第一眼，卢宋觉得他应该是和晁鸣一样的年纪，在上大学。甚至更小。

他背对卢宋躺着，卢宋甚至不知道他到底是在睡觉还是在昏迷，脖子细长得过分，一块突出的骨头，牵引着整架脊椎。

还活着，在呼吸。卢宋拨他的肩膀，他就轻飘飘地平躺过来，这才让卢宋看仔细了：他身上有一些擦伤，还有一些淤青。整张脸白得发青，白得可怕，鼻尖和眼角都有明显的伤痕。脸上的血看样子是被擦拭过，水红色的血痕就那样被抹开在人中，让他看起来像是要坏了、死了、碎掉了。

卢宋小心翼翼地把他身上的被子往下推，然后就被吓了一跳。他瘦得很，瘦得不匀称，有种常年营养不良的脆，肋骨隆得很高，身上布满伤痕。

"怎么搞的？"卢宋缩回手，扭头冲晁鸣喊。

晁鸣把烟在窗户上按灭，慢悠悠向卢宋走来："如果能弄好，就别送去医院了。"

"你……"

"就是看着吓人，"晁鸣耸肩，"其实不严重，涂点药就行。"

卢宋一时间失语，不知道该说晁鸣什么好。

卢宋轻车熟路地找到了药箱，自从晁挥让他照顾晁鸣，晁鸣的小伤小病都是他给治的。他虽然面无表情，但还是会忍不住在内心揣测其中的因果缘由，同时他又很清楚：自己是给别人做事的，不该问出来的话就不要问，不该知道的事情知道了恐怕只会引火烧身。郊狼和野鹿，卢宋想到这样的两种动物来描述晁家兄弟和自己。

卢宋用酒精棉给青年身上的伤消毒。

青年侧躺，脸正对着卢宋。

他忍不住瞥向青年。

神情平静，仿佛没有知觉，只露一只眼睛。透过蝉翼样的眼皮和浅珍珠红色眼睑中的缝隙瞄向卢宋，当他想要把眼睛睁大，睫毛跃高，那只眼睛才亮了，才更活泼些。

"你，"卢宋发现这个字说出来就是一口气，根本没声音，于是把话丢给晁鸣，"他醒了。"

卢宋被晁鸣赶出来的时候并没有立刻走，他靠在门口的墙上等了一阵子，听见里面传来细微的争吵声。

晁鸣的声音很好辨识，卢宋把耳朵贴在门上，主要是想听听另一个人的声音。

他听见那个人说"滚"，哑得不清。

回到家后卢宋才让脑子冷静下来，他从冰箱里拿出啤酒，然后坐在沙发上把电视打开。这个时候的卢宋有点后悔，后悔之前对晁鸣太不在意，他完全不记得晁鸣的生活中曾经出现过那个人。

他只知道晁鸣的女朋友是T大外语学院的院花，名叫罗宵子。

那这个人，在晁鸣的家里浑身是伤的人，是谁呢？

卢宋把脑袋里有关晁鸣的一切都拽出来过了一遍，他记忆力一向很好，可就是没有关于那个青年的蛛丝马迹。

啤酒下肚后卢宋觉得有点饿了，这才想起来晚上的烤串没吃完。他边煮面边想到底要不要把这件事告诉晁挥，思前想后，最后还是决定替晁鸣保密。不是因为他和晁鸣的关系有多好，而是因为晁家兄弟俩没一个好东西，多一事不如少一事。

第二天，卢宋又被晁鸣一个电话喊了过去。同样是晚上，卢宋刚刷完牙往床上躺，电话就响了，晁鸣让卢宋买些酒精和止疼药送来。止疼药正常，酒精不正常。

"昨天还剩下那么多，都用完啦？"

"打翻了。"晁鸣回答。

卢宋只好又穿戴整齐下楼去。这么晚不好打车，他于是去开自己的小别克。此时已经接近晚上十一点，顺路的药店都打了烊，卢宋跑好几条街才发现自己完全可以直接去医院买。可这么一通折腾下来，到晁鸣家，已经是两个小时以后了。

也是奇怪，这么长时间，晁鸣也没打电话来催。

晁鸣家一楼没人，黑黢黢的。卢宋掂着东西上楼，老实说他有些紧张，有些不乐意，他不想再接触晁鸣的这个小秘密，万一哪天晁鸣心情不好就把他"灭口"了呢，真不好说。

走廊尽头房间的门这次开得很大，卢宋清清嗓子，还是装模作样敲了两下。没人应，他只好推开门进去。

没人。

浴室有水声。

卢宋撇嘴，他直觉晁鸣会在里面，可又不敢过去。

"晁鸣？"他喊了声，浴室的水声没断，晁鸣也没回他。

他把买的药放到床上，准备进去看看，打开门，只有盥洗池的水龙头哗啦哗啦往下流水，一个人也没有。

"我去！"卢宋就觉得晁鸣找他耍着玩呢，他关掉了水龙头，想要立马走人，回家睡觉。

卢宋下楼声音特别大，他就看准今天晁鸣不在家，才要好好发泄发泄。在他推开栅栏门的时候，后方突然有光闪，卢宋下意识往后一看，只见车库里停着辆车，副驾驶室一侧的门敞开着，晁鸣就站在门后吸烟。

"你才来啊，"晁鸣冲他喊，"我自己出去买好药了都。"

"太晚了，我去的店都没开……"

卢宋话没说完，就看见晁鸣把烟递到嘴边狠吸了口，然后扔到地上踩灭。

卢宋想了想，说："药给你放床上了，我就先回家了。"

"等会儿，"晁鸣有点喘，"你回客厅等我。"

他说的"我",没说"我们",卢宋往车库方向看,这个角度什么也看不到。

卢宋坐在沙发上等,甚至好心地帮晁鸣把衣服叠整齐。

过了大概五分钟,晁鸣回来了,身边还有一个人。是他,昨天躺床上的那个,外面罩着一件晁鸣的羽绒服,下面穿黑色秋裤,神情怏怏,手背在身后。

"今天太晚了,我一路都没看见开门的药店,最后跑二环中心医院给你买的酒精和止疼药。"卢宋把刚才没解释完的话解释完。

"行吧。"

"你可以打电话问我。"

"打不通,我就索性自己出来买了。"

"这么急吗?"

晁鸣挑眉,看向旁边的人:"这你得问他,是吧。"

青年低着头,额前碎发遮住睫毛,睫毛遮住眼睛。

"问你呢。"

青年的眉毛跳了一下,他缓缓抬头。

"我,"他说,"我把酒精打翻了。"

晁鸣笑起来:"然后?"

"……睡不着,得吃止疼药。"他又说。

"哦,"卢宋不知道说什么好,"那你药也买了,为什么还要我回来等你?"

"啊,我差点忘了。"

"什么?"

"他,"晁鸣指的是那个青年,"别跟我哥我妈说。"

"好。"卢宋本来也不打算说。

"就没别的事了。"

"这么句话,还非把我留这儿?"

"那你赶快走吧。"

没良心。卢宋心里啐晁鸣:"走之前我再问句啊?"

"嗯。"

"他是你的同学?"

"算是。"

"名字呢?"

"凭什么告诉……"

晁鸣的声音被另一道声音打断,那声音清脆悦耳,仿佛之前的懦弱都是别人的。

"我叫姜亮点。"

晁鸣身边的青年说出自己的名字。

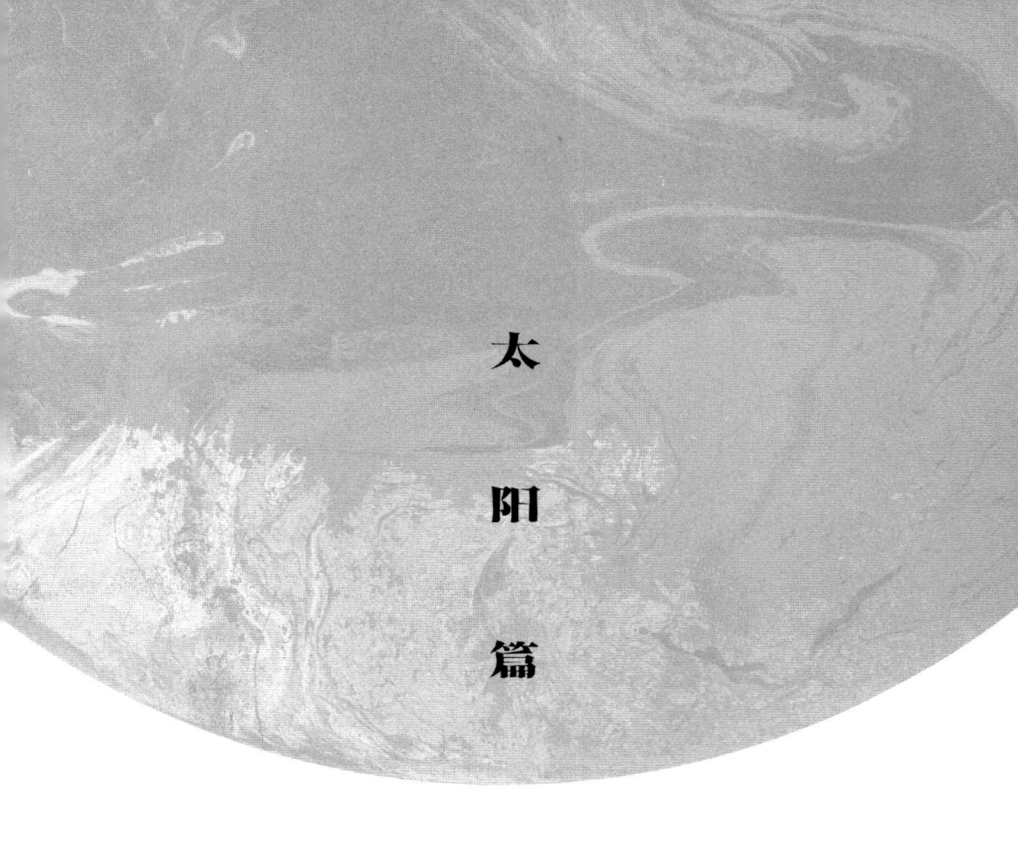

太阳篇

他就像我头顶的太阳,

晚上睡着他消失,

白天醒来他又保准在,因为这一点光,

我才有勇气活到现在。

【2000】01

我很久没有见她,我很久之前见过她。

那还是在高中,在一中的校门口,她把煲好的鱼头汤递给晁鸣,又絮絮叨叨地说了些话。我有点羡慕,因为我爸和后妈绝不会来给我送鱼头汤喝,高一开学,他们甚至都没有来送我。

她保养得很好,就和以前一样,那种老旧沉闷的发型套在她头上显得好端庄。我视力一向棒,即使现在坐在倒数第三排,也能看清她的那张脸——除了一些基本注意不到的鱼尾纹,她和二三十岁的女人没什么区别。

七年后我才第一次听到她的声音,仿佛又回到七年前的校门口。

在她讲这学期她因为个人原因而不能给大家上课这些话的时候,我没太在意。直到掌声响起来,我才猛然回神,接着就同其他学生一样,把视线从她的指尖转到那扇门。

犹如往人湖里丢了颗石头,乱哄哄地一片嘈杂,我有点分不太清楚人们都在说什么,也许是"天哪",也许是"好帅",笑呀讨论呀,统统砸在我的耳膜上。我猝不及防,措手不及。

"大家好,我叫晁鸣。"

哈,我低头在笔记本扉页上写名字,其实上课前就已经写过了,"姜亮点",现在我在下面又写了一遍。

"上半学期,都由我来代替从文玲教授讲课。"

"点"的最后一顿,笔尖在上面停留的时间久了,洇出个墨块来。

我死死盯着那个点，这和我的计划不一样啊，我要上的是晁鸣妈妈的课，晁鸣怎么来了？

可是仔细想想也没差，反正都是要接近他。

我把书本立起来遮着脸，只露出眼睛偷瞄他。晁鸣没怎么变化，高了些，戴着眼镜，回应底下声音的时候在笑。他站在讲台上，让我仿佛回到高中晚自习的班级前十名讲题环节。

整节课我的心脏都在敲锣打鼓，一是因为再次见到晁鸣，二是因为每秒钟我都处在希望晁鸣认出我，又担心他认出我却和我无言以对的矛盾心情里。

下课铃声惊起窗外一群黑色的鸟。

坐在公交车上，我把晁鸣压根没认出我也没看我一眼的原因归为我坐的位置太靠后。周四，我还要去上他的课。

回到公寓后，我打电话给张心巧，问炒冰车准备好了吗，她说周末就去取，这几天她忙着帮我购置桌子椅子、批发水果。

周四下午，我又去T大蹭课，好庆幸提前来了，这节课来的人不知道比上节课多多少。女生们兴奋地交头接耳，我觉得她们可能大都是为了晁鸣来的。

这次我坐在中间第二排，除非他瞎，否则我打保票他能看到我。我也不再躲躲藏藏，大方地看他。

如我所料，晁鸣进班的时候目光扫到了我，但他很快就把目光移开了，然后就再也没看我。

那节课的时间走得很快，我写了正反三页的笔记，晁鸣还像我认识他的时候那样聪明，他讲东西条条在理，逻辑清晰。下课后他留在讲台上给一名女同学讲题，我不想再多等，收拾东西就走。

小便后洗了把脸，T大真好，男厕所的盥洗池后还有镜子。我上的大学可没有。我回来以后见了一些故人，比如刘好，她现在在东宇百货卖高档手表。看到我她很惊讶,说这么多年过去我完全没变样,还是嫩生生的。我看镜子里的自己,真奇怪,她一说,我也觉得自己没变样。

眼睫毛上的水蹭到我眼睛里了,涩,我用手蹭掉。

再睁开眼,我看见镜子中,晁鸣站在我背后。

我笑了一下。

我和他在镜中交换视线,他很酷地用眼神扎了我一眼,然后在我还没来得及说出准备已久的"好久不见"时,捞着我的后领把我拽得后退几步。

我的后背撞在墙上。

"上节课底下坐的果然是你,你来做什么?"晁鸣抱臂,从容不迫地看着我说。

上节课,他竟然看到我了!

我没说话。我想过很多次我们的重逢,在什么地方都好。

"好久不见。"我决定按原计划来。

"少废话。"晁鸣挑眉。

"我来上课。"

"来上我的课?"

"来上从教授的课。"

晁鸣"哈"了一声,看起来不相信我说的每个字。我低头盯着他的鞋,他低头盯着我。

"你,"我决定先发制人,"这几年过得怎么样?"

他没有和我叙旧的心思:"以后别来上我的课。"

"没有人规定不能上你的课。"我开口。

"你在T大上学?"

我张了张嘴:"……不在。"

"那你就不应该出现在这个学校,不应该出现在教室,不应该背着书包做着笔记,"晁鸣顿了下,"也不应该让我再看见你。"

心里久违地疼了一下,明明这些年我练就铁石心肠,明明我再也不是高三时候的姜亮点,可我莫名其妙地难过,因为我曾经的回忆,因为我现在的举动。

可我不能再把自己的脆弱暴露,于是我抬头迎上他的目光:"无论你怎么说,下周一,你还是能看见我。"

晁鸣面无表情。

"没有人规定不能上你的课,T大向来容许外校的学生旁听。"我把刚才说的话又重复了一遍,"这你高二就知道了吧,我们一起去的,一个字也听不懂。"

他好像对我用他对我的说辞反击感到有趣,因为他的嘴角很小幅地往上挑。

"那就别靠近我。"晁鸣走之前警告道。

"好。"我点头。

才怪。

【1993】01

高一开学时,在军训基地,我和晁鸣在队伍里是前后排,我在前,他在后。那时候我们还没有被安排在一个宿舍里,我住417,他住415,只隔一堵墙。

晁鸣说站军姿的时候他能看见我帽子下面露出的后发际线的尖,他说像老鼠尾巴,我说这是非正宗的美人尖。我们聊得好熟,虽然不在一个宿舍,却干什么都会同行。

晁鸣和每个人都玩得好,他很讨人喜欢,无论对方是男生还是女生。虽然我们两个被融化镶嵌在一个小团体里,可我始终觉得我和晁鸣最熟。

晁鸣不爱吃青菜,每次吃馄饨面都会把里面的青菜夹给我,我再分一块馒头给他,我每次去洗澡都喜欢拿晁鸣的高级香波,涂在自己头发上。

军训结束回到学校。男生的友谊本就建立得极快,更何况我和晁鸣是上下铺加同桌,我们理所当然成为非常好的朋友。

那时候的我是想带牙套的,因为在我上齿右侧多长了颗牙,挤在虎牙旁边,连带门牙也有点歪。

"是不是特别丑?"我对着从刘好那里借来的小镜子看自己的牙。

"反正不好看。"晁鸣坐得笔直,在做小测的试卷,"下回再溜出去的时候带你去诊所整整。"

我闻言把镜子收起来,手压在他手边的一块橡皮上。这橡皮其实不是晁鸣的,是我的,第一次月考的时候晁鸣没橡皮,我就把自己的切成两半分给他。

我往晁鸣的试卷上瞄,发现那道稀奇古怪的集合大题答案我俩写得不一样。

"这儿,"我指出我们分歧的一步,"你解错了。"

晁鸣挑眉,嘴角掀起来要说什么却又没说。他在旁边迅速验算了一遍,最后露出得意释然的笑。

"我没错。"

"啊?"

"来,我给你讲。"

晁鸣给我讲题。

他讲得很仔细,我皱着眉头听。

"所以,答案是正负二又三分之根号十五。"晁鸣说。

我点头。

谁的青春没逃过课?我和晁鸣也不例外。

第一次翘课是我提出来的。那天上午听刘好说晚上在北山公园青年宫有露天电影放映,我们本来有晚自习的,去不了,但好巧不巧,第一节晚自习还没结束的时候停电了。就在班长对全班同学说要去办公室拿蜡烛的时候,我拉上晁鸣就跑。

电影的名字是"魂断蓝桥"。

我们赶到时,正逢玛亚和罗伊的第一次约会。

我没钱,晁鸣就去旁边的水摊买了半个西瓜和两支雪糕。一直不知道为什么,那天晚上的蚊子不叮我,总爱往晁鸣身上落,给他咬了好几个红彤彤的大包,于是我把自己的校服脱下来罩在晁鸣的胳膊上。

"这让我怎么吃西瓜?"晁鸣正往手腕内侧的一个蚊子包上掐

"十"字,"真痒。"

我们就用水摊送的塑料小勺挖西瓜吃。

只有一个勺子,但男生没那么在乎这个。

雪糕和西瓜的汁水沿着我举着的小臂往下淌,一开始我没在意,还在和晁鸣讨论演员和剧情。

"费雯丽,漂亮。"晁鸣说。

"罗伯特·泰勒好帅。"我说。

"你胳膊上沾有东西,小心一会儿蚂蚁过来咬你。"他指着我的小臂。

我就把胳膊往晁鸣身上的校服上蹭。

晁鸣见了又笑:"这是你的衣服。"

第二次翘课就是晁鸣带我去戴牙套。

操场西侧的大铁门不知道被谁割开了个足够一人进出的小口,因为是照着铁门骨架划的,平常根本发现不了。晁鸣让我先出去,然后自己再出去。这比翻墙轻松多了,我记得那年生日我还许了"西门笑口常开"的愿望。

那家牙科医院是晁鸣的叔叔开的,规模很大,设备也先进。我躺在"手术床"上,眼巴巴盯着大夫用针管吸麻药。

"晁鸣,我是真怕。"

晁鸣笑,晁鸣总是笑。我从躺着的角度去看晁鸣,他笑的时候会和生气、质疑一样高挑眉峰。

晁鸣平常是个乖乖的好学生,可只要眉毛动起来就脱胎换骨,变成裂了的七月石榴,开口,里面尽是顽劣的籽。

"不怕哦,"晁鸣搬了个板凳来到床边,在离我很近的位置坐下,"大夫说先把多的那颗拔了,再给你上金属托槽。"

医生打开手术灯,"咣"的一下,我只感觉整个太阳压在自己脸上,我就又侧过头看晁鸣。印在视网膜上的巨大的圆没有彻底消失,所以晁鸣看起来金光闪闪,很像勾不出边的太阳。

那个夏天,空气是黏的和甜的,有西瓜、牙科诊所和死在草地里昆虫的密实香味。彗星划过天空会留下痕迹,太阳高耸,光像泡沫一样包裹万物。

【2000】02

　　T大西门小镜河上有座桥,学生们称它为满天星。之所以这么称呼,是因为那里一到晚上就撑起琳琅拥挤的小摊,炒饼凉皮,蒸煮烧烤,T大是没有门禁的,灯光会一直持续到后半夜,像满天星星。

　　基本上每个摊位都固定了,我和张心巧打点了很久,那位卖蚵仔煎的李婶才愿意把凳子桌子收一下,给我的炒冰车腾位置。这时候是下午饭点前,学生不多,李婶一边看我熟悉机器,一边与我搭话:"小伙子,我看你像是学生。"

　　我笑了笑回应,把手放在炒盘上,好凉好舒服,可久了就冻得疼。

　　"多大啦?"

　　"二十五。"

　　李婶还要继续问下去,张心巧把榨汁机弄好:"哥,水果都给你摆好了,你记得按价格表卖。"

　　张心巧是我在临城认识的,今年二十,辍学,去年开始跟着我。她长得不算好看,圆脸盘,低山根,可偏偏生了一双很大很靓的眼睛。

　　"住的地方怎么样?"我问她。

　　"挺不错的,就是楼下有只狗总叫,老让我睡不好。"她回答。

　　"买个耳塞。"

　　"哎,"张心巧好像有点脸红,"真不需要我留在这儿帮你?"

　　"不用啦,你快回去吧。"我笑笑说。张心巧和我道别,挎上她的包走了。

我决定先做一杯提子的试试,晃鸣喜欢吃这个。他上高中时,从文玲总爱给他送提子,我吃的水果少,提子和葡萄分不清楚,就感觉味道一样口感不同。提子本来价格就不便宜,还要剥皮去籽,打出来的果汁却不多。

我一边吃一边和李婶聊天,听她说什么时间学生多,什么时间学生少,什么时候城管会来,又该怎么应付他们。

我有牙齿敏感,不敢直接咀嚼冰,只敢裹在嘴里让它化了再吞下喉。就这样慢悠悠吃,还剩一大杯的时候,第一批学生来了。

李婶开始热油搅面,我没什么好准备的,我的摊子新,人也新,李婶卖了三份我一份也没卖出去。他们在我面前晃悠两下就走了,我挺无聊的,就看李婶做蚵仔煎,突然一只手敲了敲我面前的桌子。

"老板,来杯酸奶橙汁尝尝。"

是个女生,指甲尖红灿灿的。我连忙站起来,取了橙子剥皮。同时,我习惯性地打量了她几眼,见她穿牛仔喇叭裤和一件暗红色的短款棒球衫,是和刘好与张心巧完全不同的类型,美丽大胆且张扬。

"你是我第一个客人。"我把切好的橙块丢到榨汁机里,抬头冲她说。

她的五官一下展开:"那您多给我加点花生和葡萄干,好吃我再向同学推荐啊。"

我把榨好的橙汁倒在炒盘里,不一会儿不远处传来很大声的喊叫声:"宵子——"

这名叫宵子的女生也伸臂回应:"这儿,新开的炒冰!"

跑来一个头发很长的姑娘,一来就和宵子笑闹着抱在一起,她挤着宵子和我说:"我来杯,嗯,和她一样。"

"你不如吃我的,反正我也吃不完。"宵子说。

"咦,我才不咧。学长吃你的,我再吃……"她在宵子耳边说,"不就成我和学长间接接吻了?"

"去你的。"

因为是第一位客人,我用了一大只橙子,没加多少水,橙香特别浓郁。我把橙子冰装杯,给宵子多加了点花生和葡萄干。就在我准备递给她的时候,她又向不远处挥了挥手。

"这儿!"她喊道。

我在人群中一眼看到晁鸣。他来到宵子身边,亲昵地搂上她。

宵子接过炒冰,此时她整个人都靠在晁鸣身上,头上戴的红色发箍刚好贴着晁鸣的脖子。

我在想《魂断蓝桥》里的费雯丽和罗伯特·泰勒。他们演得很棒,晁鸣演得也很棒,他认识我,可瞥都不瞥我。

"好吃哎,阿鸣再来一口。"宵子吻掉晁鸣嘴角的果渍。

她真不像她了,在我短暂的印象里,宵子从火辣的美洲豹变成了温顺的小猫咪。

"嘿,帅哥,"宵子旁边的长发女生打断我的思绪,"麻烦您快点,我快被这俩人馋死啦。"

我加快手上的动作。

但这次的橙子我炒了好久,不知道是机器的问题还是我手法的问题,那坨橘色总是软乎乎的。可能我有私心吧,我站在这里就是为了晁鸣,现在他就在我面前,无论什么原因,总归是在等我。

在我慢吞吞地把冰递给长发女生后,晁鸣拿出钱给我。我伸手,想让他把钱放在我手心,可他直接把钱丢在了我旁边的钱桶里。我尴尬地收回手,向他们三人说再见。

"真挺好吃的,下次还会来哦,老板。"宵子冲我这么一说就又钻进晁鸣的怀里。

晁鸣今天穿了件牛仔夹克,和宵子郎才女貌。

我把橙子皮扔了,转眼看到刚才自己吃剩下的半杯提子冰,它早已化成稀水,黄绿色。我拿过来看。这么一点时间就掉进去几只飞虫,有的一动不动该是死了,有的还企图扑棱翅膀出逃。我统统用吸管搅碎,让虫子和水果的尸体一起下葬。

　　太阳快下山的时候,我坐在小板凳上吃李婶的蚵仔煎,我胃口不好,以前落下的毛病,也因为这个我一直很瘦。

　　这时候我看见晁鸣和宵子肩并肩往我这边走,晁鸣在靠我的这一侧,他们经过我的时候,刚好挡住我面前的太阳。

　　很久以前就消失不见的我的太阳。

【1993】02

高一像被按了快进键一样很快过去,转眼到了高二上学期期中考试,我考了全班第二、级段第三,晁鸣则是全班第三、级段第五。班主任老王要把我们分开,让我们分别和成绩不怎么如意的同学做同桌,我分到和刘好同桌,晁鸣分到和高美妮同桌。人如其名,刘好真的挺好;高美妮,挺美的。

高美妮说话声音又尖又细,我隔着一组外加两条过道都能听见。她性格张扬热烈,在晁鸣打篮球的时候给他送过水,而晁鸣也在一定程度上回应了她的这份热情——有次年级组织远足活动,返程中晁鸣背着累得不行的高美妮走了好一段路。

那学期的期末我没考好,一下降到班级第二十六名,实在太差,我把级段名次忘了。晚自习时物理老师来讲试卷,我可怜巴巴地给晁鸣传纸条,说我想让他陪我去教学楼顶层散心,顺便和他聊聊成绩。

晁鸣很爽快地答应了,他几乎就没拒绝过我。

在教学楼顶的水箱后面,我带上了几门主课的卷子。

"点儿,我觉得你最近太浮躁。"晁鸣说。

"啊?"我被他抢了话头,有点无措。

"你老心不在焉的。"他笃定。

"没有。"我小声嘟囔。

晁鸣没再说话了。楼顶不亮,只有很淡的月光和旁边教学楼传过来的灯光,晁鸣的侧脸就隐匿在这样的光影中。他没再就着我是否浮躁的话题说下去，只是扯过我的试卷认真看了起来。

"这道题我也是这儿出问题了，"他指着一道我得了零分的数学题，"但是你是不是没时间做了，不然怎么可能弄成这样？"

"我有些忘记当时是怎么回事了。"

他仔细帮我分析每道题丢分的原因以及我在做题时出现的小毛病。这点我从来都是十分佩服的。

到了高中我才知道，原来期末考试后老师不仅要给我们讲试卷，还要留一周的时间给我们开一部分下学期的课程。

我不是正儿八经的本地人，户籍在上城旁边的小县城，亲妈死了后我就跟姜为民搬到了这里。我们现在住的房子是我后妈许朵朵的，姜为民是我爸，恬不知耻地带着我入赘许朵朵家。

许朵朵上个月怀孕了，我记得那天在饭桌上，她曾一反常态地给我盛稀饭夹菜。

"点点，你喜欢弟弟还是妹妹？"

我不爱吃芹菜的，她偏给我夹了一大筷子。

"妹妹吧。"

"哦？"她往姜为民那边瞥了一眼，"不喜欢弟弟啊。"

"也不能说不喜欢，只是觉得女孩更可爱。"我把许朵朵给我夹的芹菜拨到碗边，自己夹了口土豆丝。

许朵朵轻蔑地"哼"了声，放下筷子，故意用手摸自己的肚皮："阿姨有小宝宝了，是吧老姜？"

姜为民咽了口白酒，五官皱在一起点头。

"你爸说再要个儿子。"许朵朵意有所指，"儿子"那两个字说得很重。

我无意与她拌嘴，只得接过她的话继续说："弟弟也好，弟弟妹妹都好。"

不像高三放假晚，我们放假的时候年味还不浓，只是路边有些卖摔炮的。我平常不爱花钱，姜为民会非常不定期地给我些分分角角，我都攒着。那天回家我没忍住买了包摔炮。

许朵朵家在学校后面的家属院，我刚进楼道就听见姜为民和许朵朵在大声吵架。真是无语了，虽然我也不喜欢许朵朵，可为什么姜为民要在她还大着肚子的时候激怒她呢？外面太冷，我还是上四楼，蹲在家门口等他们吵完。

这期间我把生物寒假作业的"尾巴"写完了。正把练习册往书包里塞，屋子里传来沉重的摔门声，在我还没反应过来的时候背后的门被使劲推开，推得我一下坐在地上。

许朵朵出门看见是我，在我面前吐了口口水。我相信如果不是她吵架吵得眼冒金星，她那口口水是要吐到我脸上的。

我刚要站起来，姜为民追了出来。他原本要把许朵朵喊回来，可好巧不巧地，看到了坐在地上的我。

我在他把我拎起来、丢在客厅地上之前还在为他想理由开脱：他是真生气、动怒了，老婆怀孕，他总不能打她。

"爸……"

我没说完，姜为民一脚踹在我小腹。剧痛瞬间蔓延，我蜷起身体，虾米一样护着自己的头和肚子。他骂我的话我一个字也没听清，我只感觉到他带着臭气的脚踩向我的后背。

疼痛钻心，我哭也哭不出来。姜为民像掰开一只死了的贝壳一样掰开缩在一起的我，拽上我的衣领，一拳打在我的左眼眶。

时间在那时候过得很慢，装在我口袋里的摔炮被压响好几个。

最后他打累了，也可能心疼了吧，力道有所减弱。趁此时机我拼尽全力从他的桎梏中逃了出来，冲出家门时我还没忘记捡起我丢在门口的书包。

开玩笑，我怎么可能落下它？我刚刚把生物作业写完。

我全身上下窜着热辣的痛，连带我的心脏脑浆也被点燃煮沸，我的外套被扯出棉花，邋遢地挂在肩上，我却一点也不冷。

一路狂奔到学校门口的桥头，眼泪鼻涕糊了满脸，坐在秋千上大口呼吸的时候，我看见左边那棵树后有人。

虽然他背对着我，可我认识他背的那只书包——是晁鸣。

我把口袋里的那盒摔炮拿出来，像摔掉我的自尊心般全部摔在地上。

【2000】03

　　晁鸣十七八岁就爱装老师的乖学生、父母的乖小孩，现在二十五，仍扮作这群学生面前温文尔雅的好学长。他头发长了，柔顺地遮住眉毛，鼻梁上架着副眼镜，看起来人畜无害。当然，他肯定会留给接近他的人一些展现自己真实一面的线索，只是我还没找到。

　　我边听他讲课边胡思乱想。越来越多的人来上他的课，周一和周四的时候我不得不一吃完中饭就来教室占位。如果说来上城是我的一时冲动，那么当我看到他的一瞬间，那种想要质问他、查明真相的冲动则越来越浓烈。为此我将炒冰摊在这两天下午暂时交给张心巧打理经营。

　　下课后总是有女生缠着晁鸣问东问西，我就坐在位置上单方面等他。但晁鸣往往很快收拾好东西离开，留我最后在教室。

　　就在我上到第五节课的时候，晁鸣收拾好东西后没有立刻走，而是坐到中间第一排。彼时整间教室只有我和他，我坐在倒数第三排，和他离得很远。

　　我不知道他留下来是要做什么，纠结半天才开口："晁鸣？"

　　他在桌子上"唰唰"地写什么东西，不理睬我。

　　"晁老师。"我又叫一声。

　　仍不说话。

　　"晁……"

　　"你能不能安静？"晁鸣不耐烦地打断我。

　　我顿时噤声，虽然不知道他在做什么，可我不想走。在一间教室里,我们俩好像回到了高中,我和刘好坐,他和高美妮坐。

我把笔袋里的每根笔都拆开又装好,计算着时间够长了,才说:"我们真的很久不见了。"

没想到晁鸣这次马上就回了我:"我们天天见面吧,你把你的破摊停在校门口,我一出来就碰到你。"

"我指以前。"我小声说。

"以前?你说你退学以后啊。"晁明说。

我简直不敢相信他就这样把那件影响我一辈子的事情像倒垃圾一样讲出来,我不想再和他说话了,把东西收进书包,准备直接走人。

"所以你参加高考了吗?"晁鸣在我站起来的时候问我,好像洞悉我的一举一动,他明明背对着我。

我不争气,又坐下:"考了。"

我猜测他接下来要问我:考到哪里去了、学的什么、现在在哪里工作。我已经准备好回答他,他却没有继续问下去。

他走了。

我靠在讲桌上愣了一会儿,才慢吞吞站起来走了。

我的房子和诊所都在临城,上个月回来的本意不是要留在上城或是骚扰晁鸣,而是办户籍手续。我提前联系好姜为民,让张心巧替我取户口本,他不乐意见我,我也不乐意见他。

区里的街道户口办事处旁边是一家银行,那天我去的时候还很奇怪,为什么银行门口排着那么长的队伍。一个阿姨告诉我说是因为文普集团发股,大家都来银行抢。我对这个不感兴趣。

我在等待盖章的时候就已经模糊听见外面传来的吵闹声,有个男人扯着嗓门叫唤,我觉着不对,虽然这么长时间没再联系,可姜为民的声音我永远也忘不了。我出去看,就看见姜为民正在和刚刚那位与我说话的阿姨吵架。我听了几句,大概就是姜为民要加塞插队,结果把后面排队的惹怒了。

　　简直丢死人。我不是什么讲求万事和睦的大善人，不会多管闲事，更何况还是姜为民先挑的事儿。

　　于是我回去等我的文件，再出来的时候吵闹仍没停止，银行门口站着一排保安。我以为是银行的，要打姜为民，就站在那里偷偷看着，却见从银行里出来个人。

　　西装革履，目不斜视，他的侧脸，让我愣在当场。我呆了半天，在那人上了车后才缓过来。不是晁鸣，可乍一看又和晁鸣有七八分相似，是晁鸣的哥哥，晁挥。我高二寒假的时候见过他，在晁鸣家里。

　　身边人纷纷议论，说那个英挺男人是文普集团的大老板。

　　七年时间足够让我把这里的一切忘得一干二净，包括晁鸣。

　　我从临城坐火车回上城，下车时我看这座城市的神态很没感情，当年它把我冷酷地驱逐，如今我也要冷酷地回来。

　　原本我应该第二天就走。可在看到晁挥的那一刻，我改变主意了。我浑浑噩噩地上了18路公交车，坐到最后一排。这辆公交车经过一中，经过桥头。熟悉的街景连带着回忆猛地鲜艳起来，我对上城突然增了许多痴念。

　　那时候我突然明白，原来我把我的那段记忆都保存在上城了，不见就不会回忆，可但凡看到一支笔、一条路，就会想起所有，就急躁地想见见晁鸣。

【1993】03

操场的凌晨。

草皮里的露水很重,我躺在上面被摇晃。那时候天刚蒙蒙亮,四处是和蔼的微光,蛐蛐在我耳畔叫。我眯着眼看我旁边的人,他背着光,只能看清眼窝和鼻翼的阴影。

"你是谁呢?"我明知故问。

他不说话。

"你是晁鸣。"我自己回答。

可就在我眨眼的时候,我从梦中醒来了。

房间里没人,这也不是我的房间。昨天傍晚我的摔炮把晁鸣吓了一跳。

晁鸣看见我的狼狈样,向我走来。

"姜亮点,你怎么在这儿?"晁鸣准是看见了我被打肿的眼睛,"谁动你了?"

"我爸打的。"我耸耸肩,装出一副满不在乎的模样。

"你背着书包,一会儿还回家吗?"晁鸣问我。

"我才不呢,我就在秋千上睡。"

然后,晁鸣就带我去了他家。

这是我第一次去晁鸣家,他家是新区的一幢独栋别墅,我们从后门进的。他妈妈不让他带朋友回家。

"我哥说我妈去日本出差,得十天八天的。"晁鸣让我留在房间,他上楼打听好了才下来,"我哥的屋在三楼,这几天你别去三楼转。"

"我哪儿也不去的,只在你房间活动。"我举起双手发誓。

我该是把这句话忘了,第二天睡醒后迷迷糊糊,推开门顺着楼梯就往下走,等我走到客厅,看到正在吃饭的晁鸣和边喝咖啡边看报纸的晁鸣他哥,我整个人都吓傻了,转身就跑。

他们家楼梯口还铺有毯子,我就是全世界最蠢的傻子,被绊倒了,摔个屁股蹲。

晁鸣扶我起来:"不至于啊点儿,我哥知道你在家。"

晁鸣的哥哥叫晁挥,是晁鸣爸爸妈妈白手起家辛苦打拼的时候生下来的,从小和父母过苦日子,比晁鸣大八岁。

因为我和晁鸣坐一边,晁挥就在我对面,所以我边小口喝豆浆边偷偷瞄他。

"我叫姜亮点,是晁鸣的同学。"

晁挥"嗯"了声:"我知道,晁鸣昨天和我说了。"

我又继续低头吃煎蛋。

"脸上的伤不是你爸打的吧,晁鸣带你打架去了?"晁挥又说。

"啊?"我不知所措地看向晁鸣,他怎么这事也和他哥说?

"真不是我,"晁鸣挑眉,"我昨天和你说多少遍了哥?"

我认同:"晁鸣不打架的。"

我发现晁挥和晁鸣在很多方面很像,晁挥在听到我说"晁鸣不打架"的时候很戏谑地笑了一下,又开始看报纸。

晁鸣爸爸在晁鸣十二岁的时候出车祸去世,我妈妈在我十三岁的时候跳楼自杀,我没有妈妈,他没有爸爸。

晁挥把还剩一点咖啡的杯子放下,拿着报纸上楼。

"晁鸣,"我撞撞晁鸣,"等你吃完了我帮你洗碗。"在许朵朵家都是我洗的碗,我很在行。

晁鸣瞥我一眼:"不用,有保姆洗。"

我喝完最后一口豆浆:"哦。"

晁鸣的呼机响了,他看了眼:"高美妮,"然后站起来准备往楼上走,"让我给她回电话。"

晁鸣的呼机上拴着黑绳子,下面坠着一块黑石头。

我吃好了也上楼,正逢晁挥边打领带边往下走,我和他打了个照面。他本就高,由于年龄的关系,比晁鸣还要壮一圈,我仰视他,说:"哥哥好。"

晁挥向我点头,我和他擦肩而过。

我回到卧室的时候晁鸣还举着电话,"嗯嗯啊啊"地回答,我轻轻走到床头坐下。

"她说她有要紧事找我。"晁鸣挂电话后解释,我已经懒得问他去不去,因为他边说边把睡衣脱下,走到衣柜那里套毛衣。

"你丢我一个人在你家。"我嘟囔。

"你不是带书包了吗,数学作业那么多,写呗。"

"我写了四分之三了。"

晁鸣从书架上拽了个盒子下来:"给,你玩这个。"

"这什么?"

"红白机。"晁鸣正在扣皮带,"把线插到电视上,我书桌下有箱卡带。"

我把拖鞋脱了跪在床沿摆弄那台机器。我知道红白机,可我没见过,更加没玩过,姜为民才不会买给我。

"你不教我啊?"

"等着,"晁鸣已经穿戴整齐,从枕头底下摸东西,"等我回来教你,你先自己琢磨。"

晁鸣走了。

我把大拇指按在插销上，心里空落落的。

我在晁鸣说的卡带箱子里翻翻找找，见都是些封面花哨的热血游戏，我看着好没意思。就跟我不喜欢打篮球一样，没有谁规定男生必须打篮球、玩游戏机吧？

晁鸣回来教我我再玩。我心里盘算着。

我把红白机照晁鸣说的那样插好，然后拿出数学作业坐到书桌旁写，这样就算晁鸣突然回来，也不会发现其实我根本没玩，或者我的数学作业根本没写到四分之三，只写了四分之一。都是我在陌生环境心里不安想留他下来的借口。

【2000】04

　　晁鸣在 T 大上"研三",主修金融,母亲从文玲是金融学院的教授,周一和周四下午两点有她固定的课,在求知楼。晁鸣考完研后搬出晁家住进鼎苑。有个平常管事的叫作卢宋,自由职业,以前是晁挥的保镖,后来受伤了就被晁挥安排来照顾晁鸣。我也认识他。

　　这些东西不难打听,T 大谁不知道晁鸣,我让张心巧用一支冰激凌就从一个大二小姑娘口中套到这些。

　　自从上次在教室晁鸣和我说过话后,他很长时间都没有出现在满天星,平时的课也是下课铃一响就离开,明显懒得理我。

　　他对我的那种似有似无的嫌弃和轻看,明显激起了我高中最后那段日子里由于他态度明显转变而产生的恐惧、疑惑以及痛苦,但是与此同时,经过这几年一个人的生活工作,我也早就不是青少年时代的自己。这些对我来说再也不是什么了不起的、能彻底影响我生活的情绪了。

　　罗宵子倒总来我这里买炒冰吃,有次我装作不经意地问她:"你男朋友呢?"

　　她边发短信边甜腻腻地笑,回答:"不在学校啊,我晚上要和他去看电影。"

　　既然这样,那一切就更好做了。

　　那天下午我就打给张心巧,让她帮我看炒冰摊,前几天我买了相关设备和棒球帽,现在我要去干一件很重要的事情。

　　鼎苑虽然是个高档小区,安保却做得一般,北门保安亭有两个保安,一天四次巡逻。尽管安有摄像头,可晁鸣的房子后正好有块监控死角。我进大门的时候穿着一中的校服,背着书包,保安没有拦我。

我不是惯贼,也不是开锁能手,做这种事情紧张得不行,一脱离保安的视线就加快步伐。我在院子前站了一会儿,考虑到停留太久也会招惹怀疑,于是绕到后面。

那天阳光很好,建筑也正好打出一块方方正正的阴影,我就躲在阴影里。只觉得晁鸣是因为在公共场合不好和我讲话才不搭理我的,我在这儿等他总可以了吧。我蹲在地上百无聊赖地抠着草皮,大脑逐渐放空。

一直等到晚上七点,前面终于传来汽车碾压地面的声音。我靠在院墙拐角处,静静听着动静,打算和他打个招呼就离开。

有女生的声音,我认识,是罗宵子。完了,他带她回家了!很多话我怎么当着他女朋友的面讲呢?我有些懊悔自己就这样浪费掉了好多时间。

但是我也并不想放弃,于是我细细听着他们的声音,有交谈声,然后猛地寂静。

极其不好的预感。

我手足无措。这样的寂静让我极其没有安全感。

于是我探头往外面看。

晁鸣和罗宵子正在门前热吻。

他们离我几乎只有一个转角那么近了,口水与嘴唇啾啾响。他们呼吸声很大,能盖住我的任何小动作,他们不会发现有个变态正躲在旁边。即使这样,我也努力不作声地蹲下来,如果他们亲吻得更加激烈,一定会发现我。

可我也不是真变态呀,没人会在看见别人做那种事时不尴尬吧?

我屏住呼吸,好在很快他们就进屋去了,我得以缓口气,半晌后,起身回家。

【1993】04

我从小就坐得住,有耐心。

除了中午晁鸣家的保姆叫我下去吃午饭,我一直待在晁鸣房间里写数学作业。我觉得数学作业布置得并不多,只是有人不愿意写罢了,只要给我空白的一整天,我能从早写到晚把它全部写完。

已经晚上八点半了,晁鸣还没回来。也不知道高美妮的事情有多"紧急",估计晁鸣到别的地方玩了吧,想到这里我突然就不想写了。

来到晁鸣家我才知道,原来不是所有人都住晾晒腊肉的水泥楼,不是所有人的自行车都停在煤球房里,不是所有小孩都需要把碗洗干净,不是所有家庭都只有一个卫生间。

晁鸣走之前告诉我可以在他房间洗澡,只要打开热水器就好,水一直是热的。冬天许朵朵家根本就洗不成澡,太冷了,所以我一般都是跟着姜为民去家属院东边的澡堂花两角钱洗一次澡。

晁鸣还说我可以穿他的衣服,于是我打开衣柜挑了件他最常穿的藏蓝色T恤。他的裤子我都穿不成,不仅长还宽,我还是穿自己的秋裤吧。

卧室里很暖和,浴室里也很暖和。红的是热水,蓝的是凉水,我把带着指针的转头拨到红色区域,打开水龙头,用手测试水温,等了大概三分钟,还是冰凉的。我关上水,重新试一次,又等了三分钟,没变。

我没什么耐心了。

手被水冲得通红，我把它们放在自己脖子后面焐了焐。最终，我还是决定去找阿姨问问怎么回事。我猫着腰推开门，往外面看了一眼。说实话，在晁鸣卧室里还好，挺舒服自在的，要是让我出去，总感觉束手束脚。

晁挥边扯领带边往楼上走，我和他四目相对。

"嗨，"我有点尴尬，"哥哥好。"

他扫了我一眼，不咸不淡地说："怎么了？"

"我准备洗澡呢。"我干笑两声。

"洗澡？"晁挥停在二楼，面向我，"洗澡为什么出来？"

我只好实话实说："晁鸣浴室的水龙头好像坏了，我等了很久还是凉水。"

晁挥这时候已经把领带全部扯下来，然后不经意地把它塞进衬衫的口袋里。他向我走来，步子很慢很从容。等他在我面前站定，我也不好再合着门，只得把门打开。

"我帮你看看。"他说。

"不用啦不用啦。"我一边拒绝一边把路让开，"我去找阿姨看看吧。"

晁挥没理睬我，我也没接着拒绝下去。

晁挥走进浴室，只见他把袖子捋到肘的位置，然后伸展胳膊够热水器。晁挥比晁鸣高一些，毕竟年龄在那放着，晁鸣更精瘦，我想晁鸣长大后也会这样高。

"没调温度。"晁挥解释，他按了几个按钮后打开水龙头，不到一分钟就让我来试水，"怎么样，这个温度？"

"挺好的……可是万一一会儿突然又变凉了怎么办啊？"我问。

"你看着上面那个红点，"晁挥给我指了指，"能碰到吗？"

我试了试，身高真是我的硬伤："不行，有点高了，要踩凳子。"

"凉了就按'加',热了就按'减'。晁鸣不是说你是个很聪明的高中生……"

晁挥的话还没说完,我也正要接嘴说"不是我笨,是我从来没用过热水器",我们身后突然传来另一个声音:"你们干什么呢?"是晁鸣。

我一惊:"你哥在帮我调热水。"

晁挥倒是不着急,从旁边抽了张纸擦身上湿的地方:"你回来就行,我刚教他怎么调热水。"

"哦,"晁鸣轻笑了下,"洗吧。"

晁鸣的浴室也摆着他常用的那款香波,我挤了些在手心,揉到头发上,开始自我陶醉。

暖融融地洗完了,我擦干头发出来。

晁鸣正盘坐在床上打游戏。

"你没玩啊。"他说。

"啊,"我走到床边坐下,"我都说了我不会,弄了两下不懂,就放那儿了。"

晁鸣没说话也没看我,而是专注地摇着手柄。

"你做什么还戴着眼镜?"我笑着问他,晁鸣根本不近视。

"习惯了,看得更清楚呗。"他回答。

在屏幕上出现红色像素块拼成的"KO"后,晁鸣往后躺,小臂支在床上。

"我对这种,呃,打架的游戏,不感冒。"我看他闲下来了,补充道。

"也有别的。"晁鸣在箱子里拨拉几下,抽出一张封面五彩斑斓的卡带。

"《Metal Slader Glory》,这个不打架。"

"Slader？"我没背过这个单词。

"《金属之光》,探秘的,我觉得你肯定喜欢。"晁鸣熟练地把卡带插进机子。

"好吧,"我接受,"你要教我怎么弄,我从来没玩过。"

我是盘坐着的,晁鸣则倚在靠枕上。他玩过一次,却没有给我剧透,只是时不时地帮我指点两下。到最后他实在困得不行,就渐渐闭上了眼睛。

在没开灯的房间里,只有电视机屏幕发着蓝紫色的光,灰尘在其中舞蹈。坐着的我和躺着的晁鸣,都被这汪光束"吞噬",晁鸣眼下的阴影是蓝色的,头发是蓝色的,手指是紫色的。

那天晚上我玩到凌晨两点终于通关。

Catty：I don't believe it …(凯蒂:我不相信……)

Enkai：That's…Glory.(恩凯:那是……光。)

随着一串电音,屏幕上的美少女、美少年下出现这样的字幕。

"That's…Glory.(那是……光。)"我小声说。

晁鸣已经睡了很长时间,我收好机子和卡带,拉上被子后看了眼晁鸣。

"You're the Glory.(你是……光。)"我小声说。

【2000】05

租公寓的时候我找的是两室一厅,就我一个人住绰绰有余。

我正靠着椅背休息,放在桌上的电话突然嗡嗡震动起来。我不耐烦地去拿电话。

是施奥。

"喂。"

"怎么回事你?"施奥那边很嘈杂,不知道在干什么,"感冒了,嗓子这么哑?"

"有点吧,不太舒服。"

"多喝水。"

"嗯,"我用肩膀和头夹着电话,"咋啦?"

"心巧给我说,咳,你在T大门口,弄了个炒冰摊?"

"是啊。"

"简直有病,店也不管了!你知不知道这几天病人特多,我天天跑去给阿真帮忙。"

"嘿嘿,谢谢嘛。"

"T大。"施奥欲言又止。

"晁鸣考的大学呗。"我替他说了。

"……不能理解你还回去做什么,跟他还有什么好说的,无论怎样都不至于去卖炒冰吧。"

"跟他没关系,"我反驳,"小时候我也想考T大。"

施奥沉默，我也不主动往下说，他知道所有的事。过了一会儿，那边乱哄哄的声音逐渐减弱，施奥才重新开口："我去上城找你吧。"

"别，你来了，阿真岂不要忙死？"我当即拒绝。

"要想阿真不死，你回来就行。"

"奥哥，"我把声音放软，施奥受不了我求他的，"你在临城帮我顾着店，等我弄完……就回去。"

"你保证？"

"我发誓。说到不做到就是小狗，就是大笨猪。"

施奥这才答应不贸然来上城。挂了电话后我松了口气，他若是真来我就有麻烦了。

那晚我睡得很熟很香。

可我做梦也没想到，施奥根本没把我说的话当回事，他的承诺也犹如放屁。

那是周四，我下课就赶到了满天星。昨天听罗宵子说，今晚他们话剧社会在满天星的牛记烧烤团建，晃鸣也参加。

我的炒冰生意越来越好，张心巧帮我进水果，我只需要做东西和收钱，但日子却不比在临城的牙科诊所轻松。以前我一天接两台手术就足够，现在我一天不知道要做多少杯炒冰，赚的却不多。

大概在晚上八点，我刚把一杯芒果的炒冰递给顾客，就看见一群人浩浩荡荡从西门出来。话剧社的美女很多，罗宵子却最吸人眼球，她在那群人的中心，正和别人说笑。晃鸣走在她后面，没有搂她，但胳膊肘正好抵着她的腰。

牛记烧烤在我摊子的右前方，这本来就是满天星很热闹的时候，他们那群人一坐下，我周围更加乱糟糟。

我的视线控制不住地往晃鸣和罗宵子坐的地方飘。晃鸣个子高，现在挺直腰背坐在低矮的小板凳上，看起来格格不入。

装呢他。

不是痞，不是施奥身上那种半个混混儿的气质，晁鸣给我的感受很难描述，像套着许多层人皮的鬼。

罗宵子注意到我在看她，挥手和我打招呼，嘴咧得很大。

我不讨厌她，甚至有点喜欢她。

她常来我这里买炒冰吃，很有礼貌，喜欢和我说笑，也会和我分享她和晁鸣的甜蜜瞬间。

罗宵子对桌上的人说了几句话，起身冲我走来。

"姜老板！我又来照顾你生意啦！"她穿着吊带条纹紧身裙，花蝴蝶一样向我飞来。

"美女今天要什么？"我笑着问。

"喏，今天我们团建。五杯橙子，三杯芒果，四杯西瓜……我想想，再来一杯炒酸奶。"

"你男朋友不吃啊？"

"我忘问他了！不过没事，和我吃一杯就好。"

我往烧烤店那边看了眼，晁鸣正帮大家点东西，没看我们。

"我给他做杯提子的吧。"我说。

罗宵子看起来有点惊讶："你怎么知道他喜欢提子？"

"他和我讲过。"我对罗宵子说。

"啊，我都不知道他常来买炒冰哎。"罗宵子扭头看了一眼晁鸣。

【1993】05

  我陷入一种眩晕的兴奋中,头昏脑涨,身体的每个细胞都在吵闹着要睡觉,可偏偏大脑不这么想:游戏里的宇宙空间站,日向和伊琳娜夸张的钻石眼,那些奇幻的故事,伴随着按键后嘀嘀的电子音,翻来覆去地搅。

  拉着窗帘,卧室里还笼着点很轻的光,照着晁鸣的侧脸。我经常在想,为什么会有晁鸣这样优秀的人,家世好、样貌好、成绩好,上帝在造人的时候把最美好的都给了他。

  也不知道是什么时候睡着的,能想起来的就这么多了。那次我一夜无梦,干干净净地睡了一晚。第二天早上,我睁开眼,发现晁鸣正在看我。

  "我才发现你眼睫毛这么长。"他说,声线还缝着早晨的沙哑。我刚要回他,他又补了句:"比高美妮的还长。"

  "她涂睫毛膏就比我的长了。"

  我用被子捂着嘴。

  晁鸣突然伸手揪我的头发:"你干吗总往被子里钻?"

  "早上起来有口臭。"我如实回答。

  "唉,点点——"晁鸣的语气开始变怪。

  "咋啦?"

  "本来我生日刚过,但因为这几天我妈不在家,我打算再弄一次。"

  "啊?"

"后天，在'大地滚轴'，我过十八岁生日。"

我在上城的短短三年，所有值得回忆的经历和所有逾越平凡生活的举动，都是晁鸣送给我的。以至于"晁鸣"这两个字和他教给我的游戏、带我去的地方紧紧钉在一起。

"大地滚轴"是上城最有名的饭店，一月十七号那天傍晚，晁挥开车送我和晁鸣到了那里。

"你哥真好，还'包庇'你。"我下了车后在晁鸣耳边悄悄说。

"我当他僚机的次数也不少。"晁鸣说。

虽然在学校我和晁鸣的关系很铁，可他学校外的朋友我一个也不认识。那天我第一次见到他的朋友们，当时我才明白，原来这一年半来，我只了解到晁鸣的三分之一。

他的那些朋友，不像学生，又谈不上是那种混社会的，穿着光鲜，站在饭店门口。最让我吃惊的是有好几个人腰上别着移动电话，要知道一台大哥大能买一套两居室。他们有种独特的压迫感，比晁鸣拽多了，我感到怯。我瞬间觉得晁鸣很牛，找这么一群人给他过生日。

我跟在晁鸣身后，目光都不敢乱飘。晁鸣是他们中个子最高的。

"鸣哥来了！"不知道是谁起的头，那群人喊起来。

天哪，晁鸣还是他们的哥。

晁鸣把我从他身后拉过来，手臂自然而然地搭上我的肩膀，对着大家介绍我："这是我学校的好朋友，姜亮点。"

我僵硬地摆手。

"一中的，好学生啊。"那个只比晁鸣低一点的男生说，"你好姜同学，我是施奥，晁鸣的死党。"

"你别听他们喊我哥，其实都比我大。"晁鸣小声对我说。

"奥哥。"我喊施奥。

施奥笑了一下，把话头转给晁鸣："晁鸣你没邀请女同学吗？"

"就是，鸣哥的女同学呢？"旁边又有人问。

这时候晁鸣的呼机响了，他看了一眼说："她来了。"

高美妮那天穿得很漂亮，漂亮得过头。可能是趁着寒假，她弄了一头栗色的小卷发，还穿着棕红的吊带裙和白西装外套，但美是要代价的，她和晁鸣朋友打招呼的时候牙齿都在打架。

人多，晁鸣订的是包厢，带一个KTV室。晁鸣坐主位，我和高美妮分别坐在他的左右，而我旁边还坐着施奥。

"没蛋糕。"我拽了下晁鸣的袖子。

"你是来吃蛋糕的？"晁鸣笑。

"是你的生日！"

"给个幌子罢了，都是出来玩。"

晁鸣说得满不在乎，也对，毕竟不是他真正的生日，即便真是他的生日又怎样，人生还有二十八、三十八、一百零八……晁鸣才不稀罕。

可我当真了，昨天我甚至用我从初中就开始攒的钱给他买了一支钢笔。

我看着他们唱歌，听着他们说"祝鸣哥生日快乐"。

我也用手里的饮料杯子去轻碰晁鸣放在桌上的杯子，"叮"，我小声却认真地对他说"生日快乐"。

外面天黑得重。

大家边吃边笑边唱，玩得很开心。

"Let me hear you say, yeah!（让我听听你说，耶！）"

我就和所有人一起大喊："Yeah！"

No no limits, we'll reach for the sky!

No valley too deep, no maintain too high.

No no limits, won't give up the fight.
We do what we want and we do it with pride.

我大声唱着这首歌,突然感到背后站了个人。
扭头,是施奥。

【2000】06

  我做冰越来越顺手,虽然罗宵子要了很多杯,可真做起来也挺快的。
  "你把做好的先拿去,一会儿再化了。"我对罗宵子说。
  罗宵子招呼那群人来帮她拿,她靠在炒冰车的铁杆上等待剩下的。
  我给最后的四杯西瓜上撒花生葡萄干,把它们推给眼前的少女。
  "谢啦。"
  他们的人实在太多,说话声音又大,不止我一个摊贩在看。
  "哦呦,刚才来买炒冰的小姑娘的男朋友,"我旁边的李婶向我搭话,"长得真好。"
  "您还认识他?"我说。
  "可说呢,你没来之前,我听来买东西的小姑娘、小伙子讲他讲了不知道多少年。"李婶笑着说。
  我干笑,不知道回什么。
  他们点的烧烤已经上了,他们正吃着烧烤玩着什么游戏,一阵阵起哄声响起。这种起哄声,我反感了整整七年。那种永远是局外人、永远融不进去的感觉,这一秒难挨,下一秒更难挨。
  他们又在玩什么冒险游戏,玩什么讲出自己难以启齿的秘密。
  突然,晁鸣看向我。不,他在看我身后。
  我扭头,身后站着施奥。
  我吓得一抖,连忙要站起来,却被施奥按住肩膀。

"哥你怎么来了……你说你不会来的。"

"心巧说你没什么动静，我来看看你。"施奥动作很快，就要来拉我，我将将躲开了。

"姜亮点，"施奥神色古怪，声音很大，"你是在浪费时间。跟我回去。"

"拜托声音小点……"李婶在偷瞄我，生意都顾不上做了。

施奥说罢又要去拽我，我不敢挣扎得太过激烈，怕引起更多人的注意。

"我给张心巧打电话，把你的公寓炒冰摊什么乱七八糟的都退了扔了，今晚就跟我回临城。"

"我不回。"

"点点，"施奥拽着我的胳膊，"这是在外面，我不想把话说得太难听。"

周围人的视线都向我们"扎"过来，我和施奥变成了舞台上的小丑和钻火圈的老虎。我脱口而出："施奥，你没资格管我。"

"姜亮点，你给我起来，跟我回去！"施奥简直是在怒吼。

罗宵子看见我被扯着，直接站起来准备过来帮忙。混乱中我看到了面无表情的晁鸣，他是真真正正的"局外人"，仿佛在看一场陌生人的热闹一般。

他拿起我给他做的提子炒冰，吸了一口。

那瞬间我好像突然平静下来，明白了谁是跟我一条线上的蚂蚱，谁是烧死我的太阳。

我顺着施奥的劲起身，站好："对不起奥哥，我刚说话没过脑子，我们先回家。"

施奥气得不轻，但声音却放低了许多，只有我能听见："回家？回你哪个家，回你那个王八蛋爸爸家，还是回你抽疯租的家？"

"回抽疯租的家,好了吧,别气了。"

我给张心巧打电话,让她来把炒冰摊收一下,然后我和施奥往公交车站走。施奥偏和我作对,把我往另一个方向带,等我到的时候才知道他是开车来的。

"你从临城开车到上城?"我坐进副驾驶后问。

施奥没理我。

"几点来的?"

还是不理我。

"很累吧?"我装模作样给他按按肩膀。

施奥不耐烦地把我的手拿开,打火拉手刹,车速直接压大。我猛地往后靠:"哥你慢点……"

那时候已经不早了,施奥带我到五环去。西区有条很宽敞的公路,现在一辆车也没有,施奥就加速在上面撒气。我有点害怕,就施奥这样,但凡出来一辆车我俩就死定了。

全程我都闭着眼睛,不知道过了多久才感觉车慢下来。我睁开一只眼睛偷瞄施奥,发现他也在看我,随后又把目光收回去。

"还气呀,别气啦。"我说。

施奥最后狠狠长按喇叭,再把车往回开。我低头玩安全带的栓,也不再说话了。

"你租的哪儿?"施奥终于忍不住了。

"啊?"

"我问你,你租的公寓在哪儿?"

我知道他已经不生气了,这么些年,施奥生气的时候就不说话,只要说话就代表他已经原谅我了。

我笑着告诉他地址。

他很无奈,是我对不起他。

【1993】06

"你怎么不过去！？"施奥扯着嗓子喊。

"什么？"

"我说，你怎么不过去和他们一起玩？"

施奥的举动很奇怪，我根本不明白他来找我做什么，我们才刚刚认识。

"我和他们不熟呀！"我也吼着说话。

"你和晁鸣很熟吗？"

"他在学校可不是这样的，"一提到晁鸣，我的话匣子就打开了，"这次期末他考了班里第一名，比我都好。"

"老学狗。"施奥说。

我笑了半天，这个不褒不贬的词我好喜欢，于是又重复了一遍："老学狗。"

"我跟晁鸣初中就认识了。"施奥又说。

"啊，好像我今天才认识他似的。"

"哥，我去趟厕所，水喝多了。"我从庆祝的人群中挤出来。

那天人是真多，女厕所排着长队，男厕所倒还好，就是味儿太重。我本来就想去上个厕所后在那里安静一会儿，这么大味道我可遭不住。

于是我顺着暗梯往二楼走，记得来之前晁鸣跟我说在二楼楼梯间还有个厕所。可能是因为没什么人来，厕所很空，也没什么难闻的气味。

唯一不好的，是没灯。

我不害怕，我老家楼里的声控灯从来就没听过我的话，初中姜为民打我和我妈，我就是在楼道里睡的，这点黑算不了什么。

我蹲在隔间的角落里缩成一团，两片嘴唇有一下没一下地夹手背的肉。

我不想回去，我融不进他们。

突然想起来，我给晃鸣买的礼物丢在包间了，放在晃鸣借我的羽绒服口袋里。那么贵，我越想越不放心，还是回去拿了放在身边好。我扶着墙站起来，顺着墙走，我低血糖蛮严重的，即使已经走得很慢了，眼前还是黑。

打开门，一个人影站在门口。

我吓了一跳，第一反应是施奥。

这时候我看见了黑石头。晃鸣口袋里垂着的那条黑石头吊坠。

不是施奥。

我再抬头看他，渐渐地，他的下颌、他的头发、他穿的黑T恤，映入眼帘。

我看清楚他了。

"你是谁？"我明知故问。

他不说话。

"你是晃鸣。"我自己回答。

怕我迷路，他上来找我了。

【2000】07

  我的出租屋在很旧的家属院里，楼梯间没有灯，好在我邻居在自己家门口装了一颗灯泡。我摸出钥匙开门，此时施奥双手插在口袋里，站在我身后。
  "住得很差，我不理解你。"施奥说。
  房东给我的钥匙生了很多锈，插进去要捅半天才能开。我想对施奥说：我初中高中住得更差，可是话到嘴边又咽进去，施奥是为我好，我没必要呛他。
  "这儿房租便宜啊。"终于把门打开了，我让施奥先进去。
  "来找你之前我去找了心巧，她的房子也是你租的，比你的好多了。"
  我把灯打开，屋子里有种热腾腾的酸气。
  "她是女孩，一个人住就该住得干净安全些。"我只买了一双拖鞋，没想过会有别人来这里。现在自己换拖鞋，再让施奥直接进去不太好，于是我干脆也没换。
  家具都是房东的，我端水出来的时候，施奥正在抠松绿色皮沙发上漏出来的黄色海绵。
  "什么玩意儿？"施奥从里面抠出一坨灰白的东西，然后展示给我看。
  "烂海绵呗。给，哥你喝水。"
  施奥这次没嫌弃，咚咚咚灌进去，看来是渴坏了。

我抱着靠枕坐在他旁边,有一阵子我俩很安静,谁也没说话。实在是闷热,我就去把窗户打开,然后拉上纱窗,有很多小飞虫,嗡嗡的。

"明天就回去吧。"施奥突然开口。

"你在上城多待几天啊,整天两头跑。"我说。

施奥家在上城,当年我从医学院毕业,要开牙科诊所,他先是要借我点儿钱,后来又说和我合伙一起办。这些年,他一边料理自己家的公司,一边去临城帮我的忙,现在诊所规模大起来了,他就更经常来我这里照看了。

"别把话题扯远了,就算我不走,你也得回去。"施奥站起身走到我旁边,"别做无意义的事情。"

"你怎么知道无意义呢?"

纱窗右下角有只蜘蛛。

夏天在十八岁前像湿泥土里埋的清凉糖,十八岁后就像咿咿呀呀的老风扇和破房子里蜘蛛结的网。

施奥拍了下我的肩膀,我扭头看他。

"虫子。"他解释。

我眨眨眼睛说:"我打定主意不走,你别劝我了。全世界我只不想和你吵架。"

施奥是我的恩人。

"好,"施奥点头,"希望你记得那时候和我说的话。"

"嗯。"

施奥还要再说点什么,我直接走开了,准备去给他收拾房间。今天我睡沙发,他睡我的床。高中辍学出来打工的缘故,我不喜欢在住的地方摆生活用品,不喜欢生活仪式感,所有东西都放在固定的袋子里,需要离开,就直接离开。

"收拾好了哥。"我走出卧室的门,发现施奥不在客厅。

厕所、厨房都是黑的。

我看向另一个房间,门开着条缝。

是那个房间!我一下子变得警觉起来,施奥一定是进去了。我有些慌张,想到之前说过的谎言就要在他面前破裂就感到一阵天旋地转。但很快我就再次冷静下来。

当我进入那个房间的时候,施奥就站在桌前一动不动。他手里捏着一些纸质资料,正在怔怔地盯着墙上的那几块白板看。

"别看了,"我感到羞耻,想要挡在他身前去遮挡那些东西,"这有什么好看的?"

施奥毕竟比我壮很多,轻而易举地将我拨开。

"你真是疯了。"

施奥的话虽然是对着我说的,但他的视线仍然锁在那几块白板上,那上面贴满了晁鸣的照片,还有晁挥和卢宋的,虽然我不想承认,但也有姜为民一家三口的。我不想想他们,却跳不过他们,我不算长的生命里跳不过他们。

我才回来几天,就偷偷去看了他们,还拍了他们的照片。

我知道自己真像个变态。

施奥嘲讽地笑起来:"点点,我求求你别再傻了。"

所有人都觉得我傻,觉得我是螳螂面前的蝉,空长着一对玻璃翅膀,在各样的树上笨笨地叫。如果不被吃进肚子,不被淘气的小孩剪掉翅膀放在桌角,就只能从生到死,平平无奇地"知了、知了"。

"施奥你看着我。"

施奥还在笑,可我觉得他眼角有点湿。

"我从来都不傻。"我说。

"那我问你,七年过去了,你还要回来吗?"

施奥真的是一个很简单的人。在他的世界里，颜色分黑白，电梯上或者下，太阳东升西落，遇到十字路口不是向左就是向右。对一个人，只能爱，或者恨。

"我要。"我说。

施奥的眼里瞬间凝起不可思议。

我的左手在抠白粉墙上的皮："怎么和你们解释呢，晁鸣是我糟糕透顶的十七岁之前唯一的朋友，他就像我头顶的太阳，晚上睡着他消失，白天醒来他又保准在，因为这一点光，我才有勇气活到现在。"

"可也是他，害得我离家出走，放弃学业，"我继续说道，"虽然那个家根本就没有把我当回事，你知道的，我应该过更好的人生。"

多年来的委屈就像开闸的洪水一泻而出，我从来没承认自己是一个坚强的人，但是自从开始独立生活，哭的次数越来越少。生活中遇到的各种负面情绪我都可以通过别的途径来疏解，但是此时此刻不知道怎么了，我开始流泪。

我的眼泪不停地落，怎么也擦不干净。

"不至于，真的不至于。"施奥的嗓子哑得厉害，我看不清他的脸。

"我不甘心。施奥，我一点都不甘心。我忍了那么久，也许那天我就不该回来。"

可这是梗在我心里的结，人不能带着它过一辈子。

【1993】07

晁鸣站在门口看我。

"晁鸣。"我开口，吸进外面的冷气。

他摸出打火机打开，我借那点光和他下楼了。

那天晚上我回到包间，开始欢呼和大笑，没人觉得我不对劲。

第二天醒来，已经是下午三点。

大睡等于小死，半天才反应过来，我还在晁鸣的卧室。床上只有我一个人，旁边的床单也很平整，看样子晁鸣不在家。

我把自己弄干净后下楼，晁鸣家的保姆正在拖地，看到我说："你醒了，我去把中饭给你热热？"

我一点不饿，可是总得吃点东西，于是坐在餐桌前等。阿姨端了米饭和菜，我忍不住问她："阿姨，晁鸣呢？"

"他昨晚没回来。"

"啊？"

"施家那个孩子给你送回来的，大晚上的，按门铃。"

我想起来了，我不习惯熬夜，十二点多就困得不行了，后来在喧闹的歌声和笑声中睡着了，迷迷糊糊中晁鸣和施奥送我回来的，晁鸣自己竟然没进来。

"不好意思啊，阿姨。"

"唉，幸亏太太不在家。"

我见过晁鸣的妈妈一次，在一中门口，就在家长探望日那天。她不像我想象中那样是个穿金戴银的富太太，反而很知性，站在人群中惹眼的是长相和气质。听晁鸣说，他妈妈是T大的教授，在他爸爸一穷二白的时候跟了他爸爸。晁鸣父亲去世那年，晁挥二十岁，晁鸣十二岁，晁挥顶替父亲的位置，把母亲照顾得很好。

我呢？

姜为民不是个称职的丈夫和父亲，他把女人带回家，还打我和我妈。很小的时候我就看见他把一个涂着粉红眼影的女的拽进卧室，"砰"地关上门。与此同时，我妈坐在厨房门口择韭菜。

看到晁鸣妈妈的时候我就在想，原来一个母亲可以被保护得这么好，可以十指不沾阳春水，可以在脖子上围着漂亮的茶色丝巾，可以把洗好的提子装进保鲜盒递给儿子。而不是搓洗衣板、铺床、做饭……

我妈当年要是也能嫁给好人家就好了，即使我不存在也行。

"太太对阿鸣很严，毕竟望子成龙嘛。"阿姨一边收拾碗筷一边对我说。

"晁鸣很争气的。"

吃过饭我就上了楼。在我外套内袋里，有前几天我去东宇百货买的钢笔，二楼东角的那家店，我之前来来回回看了好几遍。原本我看中的是一款黑色帽檐带金边的，担心晁鸣觉得土，就换了支银边的。

花了我五十八块，我的压岁钱、零花钱、偷拿姜为民的钱都在里面了。

昨天想等结束时再给他的，后来忘了。

我在晁鸣的书桌上把数学寒假作业写完了，在小本子上写的"数学作业"后面打钩，然后伸了个懒腰。就在这时候，卧室里的电话忽然响起来，我赶忙去接。

"喂。"

"醒了吗？"是晁鸣的声音。

"醒啦，你在哪儿呢？"

"知道万胜城不？"

"知道。"和东宇百货在一个商圈。

"我和施奥在一层，你要不要来？"

要，为什么不要？

买过钢笔后我口袋里还剩点钱，这时候也不省着了，叫辆摩的就走。招牌和霓虹灯在头盔前的透明塑料上流动成线，我憋不住嘴边的笑。年前的万胜城人特别多，尤其是在"犹大的苹果"——一家街机厅。

我很难把这两天的晁鸣和我在学校里认识的晁鸣重合，以前升旗台上的演讲、晚自习的每日一题、去水房打水的蓝色水壶，和现在的他仿佛没有丝毫关系。

晁鸣和施奥都换了衣服，我坐在晁鸣旁边的时候看到了他口袋里垂着的那条黑石头吊坠。

"来啦，姜同学！"施奥很热情地跟我打招呼。

"嗯。"我淡淡回答。

晁鸣正在打游戏，我看见屏幕上另一方的血条越来越少，他最后用舌尖顶了下嘴角，狠狠地拍了下某个键，画面出现血色的"KO"。

晁鸣靠在椅背上，问我："玩吗？"

我摇摇头："从昨晚到现在你都没休息？"

晁鸣挑眉，没说什么，倒是旁边的施奥笑起来："休息什么？难得母后不在家……"

"滚啊。"晁鸣推施奥。

"奥哥，我想玩这个。"我打断施奥，指着他面前的机子说。

施奥有点惊讶，飞快地扫了眼晁鸣："哦，好，你来我这边。"

"往上摇是脚刀……"

看来我真的没天赋，在施奥的指导下还是输了。

"唉,刚才你应该把扫把头逼到角落打。"施奥惋惜。

"不太熟练……"我说。

"也是,第一次嘛。"

旁边的晁鸣往机子里投币,他拍了一下施奥:"来,咱俩来一局。"

那天晚上的晁鸣很好斗,他是黑色的忍者,施奥是粉色的木乃伊,有几次施奥喊:"哇,晁鸣你疯了?这么狠!"

我虽然不太能看懂,但是能看出来忍者的确把木乃伊逼到角落,疯狂地揍。

【2000】08

大哭过后会有种撕心裂肺的快意。

双眼干干,大脑空空,像死在水里的鸟,反着肚皮漂啊漂。床头的风扇一直在转,施奥来给我盖了次被子,等他离开,我就又把被子踢掉了。

出租屋在闹市,附近有农贸市场。夏天太阳升得特别早,五点多公鸡打鸣,然后有人出摊,吆喝叫卖声很大。我半闭着眼睛,感受晨光从窗帘缝隙中钻进来,先舔我的脚,再舔我的腰。

厕所有冲马桶的声音,我想着是施奥起床了。

一整夜我都在想那些曾经的故事,什么味道的都有。正因如此,现在我身体困顿,思维却清醒,只有缩着身子闭上眼睛才好受些。正当我晕乎乎地进入浅眠的时候,床前站了一个人,挡住我的阳光。不用想,一定是施奥。

"昨天我一晚上没睡,"施奥在抠凉席,"把你给我说的每句话一个字一个字地掰开揉碎想了个遍。"

施奥说不会再反对我留在上城,只有一点要求就是有什么都不能瞒着他。

阳光从外面挤进,照在床角落的樟脑丸上。

我起身把窗帘拉开,看到对面平房上有个老太太往种的蔬菜上泼水,淋满水的植物和旁边放置的红色塑料桶像用烟头烧红的锡箔纸,闪得不行。

而后我坐在床上，背靠床头。

施奥转过身背对我，开始抠凉席上翘出来的蒲草。

"对不起。"我小声说。

高三我辍学离开一中，在很偏的一个小饭店里打工，白天吃厨房里的剩饭，晚上就睡在大堂里。有时候我会想，如果我没给晁鸣买那支昂贵的钢笔，我是不是还能租个破房子住。后来老板娘看我干活勤快，让我住在饭店后面的休息室里，我的日子才好过些。

一九九五年九月，我登上了去往临城的火车，因为要去临城医学院报到。没想到会在月台上遇到施奥，那时候我们已经有一年多没见面了，这期间我忙着打工赚学费、复习落下的课业，也没认识新朋友。

施奥和我坐的不是一趟火车，他走之前给了我他的电话号码。

"这几年，真的很谢谢你。"我小声说。

施奥停止抠凉席："用不着你谢。"施奥接着说，"点点，我最后再问你件事情。"

"你说。"我努力稳定情绪。

"如果你的计划成功，你想过晁鸣会怎么样吗？"

他会怎么样？

"晁鸣会和家里闹翻，T大可能也不会要他。我就等着看他那张完美的面具被撕破，露出里面真实的东西来。"我看着施奥说。

施奥张了张嘴，没说话。

"这就是我想的结局。"我深呼吸。

"点点。"

"嗯？"

"你偏执过头了。"

施奥很疲倦地坐在凉席上，上身往前弯，受挫地说："我带你出去散散心吧。"

我对散心没什么兴趣，可也不想窝在家里或是去满天星，于是答应。

"有一家很隐秘的酒吧，今天晚上会举行面具单身夜。"

酒吧名叫"Forest vein"，森林静脉。

人类的静脉在身体里，森林的静脉在哪里？是埋在沙石沼泽荆棘丛下的暗河，还是漫漫水波？

我和施奥领了面具，我的是只兔子，他的是个小丑。

【1993】08

晚上晁鸣骑摩托带我回的家。

我这才知道,晁鸣满十八岁后就自己买了辆摩托,一直放在施奥那里,因为他妈妈不允许他玩这个。这辆摩托车和叫的摩的不一样,晁鸣给我戴上头盔,又嘱咐我拽紧他。

北方冬日寒冷刺骨。他骑着车,发动机巨大的轰鸣声盈满我的耳朵。

"点儿,"晁鸣用胳膊肘顶了我一下,"你看。"

晁鸣指着天空。

"还没到三十就放烟花。"他笑着说。

我看不见晁鸣的脸,可是这个语气我再熟悉不过。我们两个都戴着头盔,像儿童节人民广场上挤在一起的两颗气球。

烟火秾丽,绽放的蘑菇狂舞。

"大家都等不及啦,要新年,要穿新衣服,要吃新食物。"我说。

"你喜欢过年吗?"

"喜欢。"

晁鸣还要接着说,被我打断:"哎呀好了,绿灯!快走!"

他拧摩托把手,"嗖"的一下,我差点倒在后面。

"晁鸣!"这次我大声喊,"我家每年三十晚上十二点都会在楼底下放鞭炮,声音特别大!"

"是吗!"晁鸣也喊着回我。

"小时候我妈还给我买花炮,就那种,像孔雀开屏一样的炮,一角钱两个!"

"我也喜欢放炮。"

风都灌进嘴巴里,被脏器捣碎熏热了再喷出来。

晁鸣把摩托停在院子里,翻身下车。他取下头盔的时候头发翘起,抬手压了压。

"车怎么办?"我问。

"施奥明天给我骑回去。"晁鸣回答。

正当他锁车时,晁挥从车库里走出来,看见了我和晁鸣。

"什么时候买的?"他指着那辆摩托。

"上个月。"晁鸣回答。

"妈知道了收拾你。"晁挥抛出一句话就往家里走。

晁鸣敛了下下巴,开始解手套,然后把它们塞到后备厢里。我跟着他,走到客厅他都没和我说一句话。

"……今天二十八,"我从他身边经过的时候说,"后天三十,我得回家了。"

等回到卧室的时候晁鸣对我说:"我刚骑车的时候在想,如果我妈这几天不回来,你就留在我家过年。"

"初一我得和我爸他们回老家看爷爷。"其实我挺想留在晁鸣家的,比在许朵朵家好一万倍。

"你爸再打你,就来找我吧。"

听到这句话,我吃惊地看了眼晁鸣,他正把大衣挂在架子上。

"我在老家,回不来的。"我说。

"知道我家电话吗?给我打电话也行,我去接你。"

"晁鸣,我有东西送给你。"

我从枕头下面拿出那个盒子,上面有香槟色彩带系的蝴蝶结。

"给。"

晁鸣拿着没打开:"那天你去东宇百货就为了买这个?"

"嗯,你必须喜欢。"

晁鸣笑了声,开始解蝴蝶结。他把盒子盖掀开,指尖在钢笔笔身上划过:"点点,其实你不送我这么贵的,我也喜欢。"

"你就应该用贵的笔写字。我灌好墨了,你试试呗。"

"行。"晁鸣从书桌上拽了张废纸,开始往上面写字,"谢,谢,姜,亮,点,同,学,送,的,礼,物。"

写完了,他把那几个字展示给我看。

"告诉你个秘密,"我用气声说话,"我好喜欢你呼机上的黑石头。"

晁鸣二话不说起身,从大衣口袋里拿出呼机,然后把那个吊坠取下来递给我:"是你的了。"

"回礼呀。"我毫不犹豫地接过来,紧紧攥在手里,要不是理智警告我,我早在晁鸣床上打滚了。

那天晚上我睡得很晚。

不知道是不是只有我一个人有这种感觉,每到一个地方都要花一些时间整理情绪、加速适应,无论是从学校回到家,还是从家回到学校。

第二天晁挥开车带着我和晁鸣回许朵朵家,我看到越来越熟悉的沿途景物,那种不适应感愈加强烈。

"哥哥你把我放在路口,我自己走进去。"我对晁挥说。

晁挥在后视镜中看了眼晁鸣。

"别的路能过吗?"晁挥问我。

"嗯……西边那条路可以通车,咱们现在在东边,只能人过。"我回答。

"后备厢的牛奶你自己又掂不动。"晃鸣解释。临走前晃鸣非要给我带几箱牛奶回去,说反正快过年了,就当送礼,而且他家都不怎么喜欢喝牛奶。

我给晃挥指路,他沿着西边那条道往家属院里开,开到铁门那里停了车。

"进不去了,"晃挥拉手刹,"晃鸣,你去送送同学吧。"

晃鸣和我一起下车,他从后备厢里拿了牛奶,自己全提着。

"第二单元。"我对晃鸣说。

过年的时候我就喜欢趴在窗户上往下看,尤其是在早上,总会有一家连着一家掂着红红的年货,蜜蜂一样往每家每户进,很热闹。

扫兴的是,就在我和晃鸣到楼梯口的时候,正巧碰到下楼倒垃圾的许朵朵。她最先没看到我,逮着晃鸣盯了会儿。等她终于注意到我,她两眼珠上下一晃,嘴里飘出个字:"呦。"

她把垃圾一丢,双手抱臂:"还知道回来啊?"

我撇嘴:"嗯。"

"这位是?"许朵朵问。

"我同学。"我回答,甚至连晃鸣的名字都不想和她说。

"怎么来的?呀,手里拿的什么?"

"他哥哥开车送我们来的,我和他先上楼。"我看见她就烦,也不想让她再看晃鸣了,于是拉着晃鸣就往楼上走。

"刚刚那是我后妈。"我小声向晃鸣解释。

"你说过。"

"怀孕了,娇着呢。你把东西放门口就走吧,我爸不会把我怎么样的。"

晃鸣把东西放下:"开学见。"

"开学见。"

晁鸣走后,我深呼吸,开始敲门。

几乎是紧贴着我,里面传来姜为民的声音:"不是带钥匙了吗,敲什么敲?"接着是很重的脚步声,姜为民打开门。

"……"他要说什么话却卡住了,"还知道回来啊?"

真不愧和许朵朵一家的,问的问题都一样。

姜为民把奶掂进去:"这哪儿来的?"

我正要回答,刚上楼的许朵朵把话接过去:"点点的阔朋友拿来的呗,"她撞我的肩膀,"怎么认识的?"

"我室友,以前是同桌。"我老实回答。

"离家出走的这几天都住在人家家里?"姜为民将信将疑。

我点点头。

"老姜你是不知道?人开着轿车呢。"她把嗓音压低,"我看半天,上次你给我看报纸上的那叫什么公爵的。"

"尼桑公爵。"姜为民说。

"车牌号里三个八。"

姜为民瞪大眼睛,又拿起一箱牛奶仔细看了看,说:"这同学不错。"

我有点恶心。

【2000】09

  我的面具不是那种卡通的兔子，可爱短脸，两只大眼睛和长睫毛的那种，而是《爱丽丝梦游仙境》里的兔子先生，长得像人的兔子，其实最适合恐怖片。而施奥就不一样了，搞得跟过愚人节似的。
  "想什么呢？"施奥的手往我眼前晃一下，而后递给我一杯酒。
  "这里不错。"我回答。
  "我也是前几天才知道这么个地方。"
  "Forest vein"今天人满为患。
  人，人，人，人与人出奇地相似。好像天花板上躺着女娲，一个接着一个捏泥娃娃，放下来，就成了你我他。
  光怪陆离、昏暗燥热的氛围，大家只露出眼睛和嘴巴，好像每个人都在四处打量、蠢蠢欲动。施奥应该是这种场子的老手，可他今天惯着我，就和我坐在靠近吧台的沙发上。
  "有喜欢的吗？"我问施奥。
  "没。"
  "眼睛都直了。"施奥偏头看我一眼。
  杯子里的酒都被我喝光了，苦辣酸，过瘾。
  临近十二点，狂欢还没彻底开始，我把下巴搭在沙发扶手上环视四周，荷尔蒙飘得哪儿都是，可我看了一圈都没有喜欢的。
  "哥我还想喝。"不知道施奥给我拿的什么酒，度数不高味道却还不错。

施奥正在发短信:"你去吧台开,留手牌号就行。"

我们坐的地方离吧台很近,只这一路就有三个美女和我说哈喽,我通通没理。等酒保拿酒的时候,一个正坐在吧台上喝酒的美女还跟我打招呼,我不耐烦地把头转过去。我拿着开好的酒往回走,不远处先是一声尖锐的话筒嘶鸣,接着就有人通过话筒说话。

太吵耳朵了,我就听清一句,什么他们的老板今天也在现场。

回到沙发那边,我给自己倒了杯酒,又给施奥倒了杯。

像捡了蜜糖回巢的蚂蚁,戴着各色各样面具的人们开始往台子那边聚集,经过这段时间,很多已经是成双成对了。

"你不过去?"我问施奥。

"今天是来陪你的,"施奥抿口酒,"你要是想过去就过去。"

我站起身,伸脖子往那边瞅了几眼:"我去。"

"走,我陪你。"

我和施奥先在人群外缘晃了几圈,这时候DJ开始打碟,施奥一边律动一边推着我往里面挤。

我们摇晃,恍惚回到七年前晁鸣生日那天。

上学那会儿喜欢写计划,一条条列出来,完成了就在后面打钩。我喜欢把最难完成的那项写在最后,苦恼的是有时候最后那条怎么努力也完不成,还会平白无故多出另外几条。

眼神和目光不是透明的,就算我站在人群里,有的人也能看向我,要我和他对视。

蛇面具,我想,蛇吃兔子。

很高,很扎眼的一个人。他盖住了相貌,能辨析的只有身材,在我不远处,盯着我。我躲开那样无礼的目光,可又会忍不住去看他。

我脑子抽了,冲着他笑了一下。

"还喝酒吗?"施奥看了我一眼,问。

"喝。"我回答,那人还在看着我。

"我去给你拿……"施奥裤子口袋里的手机突然震动起来,他掏出来看了眼,"我爸,我先出去接。"

"好。"

就因为这个小插曲,我再向蛇面具看去的时候,他已经不在原来的位置了。我小心翼翼地找了几下,无果,也就放弃了。

戴蛇面具的人不知道什么时候站在了我身后。

如果我有那种可以把行星轨道和芭比娃娃联系在一起的能力的话,我就能知道他是谁了。

【1993】09

年后这几天,许朵朵快临盆了,姜为民却没收敛,总爱和她吵架。吵架的原因我不知道,因为他俩总是在里屋嘀嘀咕咕的,我猜大概是因为姜为民工作的事。姜为民原本是会计出身,虽然文凭不怎么样,可后天学得好,再加上经验丰富,年前那几个月在一个大公司谋了个小财务主管的职位。

这都是我在饭桌上听的。

许朵朵的小孩是偷着生的,在县城的一个私立医院,我没记错的话是正月二十三那天。虽然那时候计划生育管得没那么严了,可姜为民毕竟才在公司里稳住脚跟,怕落下话柄。

坐在产房外面陪姜为民的时候,我看到他焦急地握紧双手,太阳穴青筋暴起,体会到了那种被剥离的感觉。被剥离家庭父母,渐渐地孑然一身,这不痛苦。

"你爸再打你,就来找我吧。"

来找你啊。

我弟弟的大名是姜卓,小名卓卓。比我的名字好听多了,我总是感觉我的名字是瞎取的。那之后我日日夜夜盼着开学,因为姜卓总是半夜三更号啕大哭,我要起来帮忙冲奶粉换尿布,有时候许朵朵去店里,姜为民不在家,我就要担负起照顾这个"烦人精"的责任。

报到的前一天晚上,我几乎兴奋得睡不着觉。我很喜欢一中,里面的学习氛围好,人也好。我的梦想是和晁鸣一起考上T大,喝酒时对别人介绍：对，我和他都是一中毕业的，高一还是同桌。

我以为生活会这样平平淡淡下去，没想到一开学就发生了件大事。

晁鸣演好学生演得很好，平常的一点一滴都是他修饰美化好的，骗得过老师和同学，可一点也骗不过我。装得过头了，以至于某个体育特长生都"欺负"到他头上了。

那个男生叫牛犇，高高壮壮的。

记得那天下课后，我和晁鸣一起回宿舍，路过操场的时候被他堵在了乒乓球场的后面，那里只有一颗挂在围墙上的灯泡。

"你就是晁鸣？"对面自诩为一中乒乓霸主。

晁鸣抱臂，眼皮耷拉着，鼻子里窜出一声"嗯"。

"都说你学习第一，乒乓球也第一，前面那个我不跟你抢，后面那个，"牛犇用大拇指指自己，"是我的。"

你的呗，给你呗，谁稀罕？我白眼给翻天上去喽。

这时候晁鸣抬眼看牛犇，什么也没说，他看起来不生气，也不开心。

牛犇把话刃刺向我："后面躲着什么东西，不会是哪个小姑娘剪短头发穿男生校服吧？"

我从晁鸣后面出来："我不是女孩儿……"

"这有你什么事儿？"牛犇打断我，然后冲晁鸣吼道："我们比比！"

晁鸣用舌尖顶了下嘴角，眉峰兀地挑起，双手插兜，依旧没说话。我在心里给他把音配了：闲的吧我。

牛犇自然不罢休，上来拽晁鸣："你的球拍呢？"

晁鸣闪身躲开。

牛犇像武侠小说里的武痴一样，揣着一身牛劲，毫无眼力见儿，非要和晁鸣一决高下。

晁鸣很快失去了耐心，在牛犇又一次热情伸手时，忍无可忍地一把拽着我，往宿舍跑去。

"哈哈哈，跑什么啊？"我一边笑一边问他。

"我可不想大晚上和他打乒乓球。"晃鸣回答。

我继续笑得龇牙咧嘴。

那时候我以为这件事不会再有下文，可事实证明我想错了。

第二天晚自习的时候我才发现，装在校服口袋里的晃鸣送我的黑石头不见了。我思索了一会儿才分析出应该是昨天落在乒乓球场后面的那片草地上了。我着急，走的时候也没发现晃鸣并不在自己座位。

小跑到操场，我真的难受死，那么小一块怎么找啊？借着月光沿乒乓球场旁边的小路走，我找了一晚上。

我没找到那块石头，整个晚自习什么学习任务也没完成。

洗漱的时候晃鸣从他口袋里拿出一样东西给我："送你的，你不好好珍惜。"是黑石头。

"你在哪里捡到的？"我惊呼。

"昨天你丢在操场后面了，傻子。"

"以后我把它戴在脖子上。"

"那也不至于。"

镜子里的晃鸣笑了，嘴角有白色的泡沫，刘海湿淋淋的。

【2000】10

泡在酒吧和泡在盐酸里没什么区别，斑斓光影和氯化氢，都能腐蚀消磨人的棱角和特殊标记。在我看来，身份和长相不值钱，马上就会变成一团透明的气。

"哥们儿，"我开口，"你认识我吗？"

"不认识。"他很果决。

我无语："那你想干吗？"

"你刚才不是在找我吗？"

"我可没找你，我找我朋友呢。"我呛道。

他看了我一眼，抬腿就走。

鬼迷心窍地，我竟然跟在了他身后。

大环境乱糟糟，台上在播放张惠妹的《Bad Boy》。

　　你说的是我不想走
　　你说的是我从来不放手
　　我不会问你为什么
　　你不用教我怎么做……

泡酒吧和泡在盐酸里没什么区别，尖叫腻汗和氯化氢，都能腐蚀消磨五官感触。在我看来，什么都不值钱，马上就会变成一团透明的气。

我不能证明是与否

我也不想证明是与否

我一直无心纵容

那全是你惹的祸……

　　结束时我才发现，我竟然和一个戴着面具的陌生人站在墙角安静地听了四分多钟的歌。

　　终于，感受到口袋里电话的震动，我回神，一定是施奥回来找不到我才打的。我拿起手机要接，竟然被这个人截和。他抢过我的手机把施奥的来电挂掉，然后往里面输号码，添加备注：SS。

　　施奥又给我打电话，他毫不犹豫地再次挂掉，然后给自己的号码拨了过去。

　　我意识到，这是一个道德败坏、自以为是的男人。

　　抢过手机，我瞪了他一眼，正要再骂他几句，施奥的电话又打过来，我赶紧往外面跑，边跑边接通。

　　"你人呢？"施奥说，我听着他应该还在里面。

　　"外面。"我嘟囔。

　　"在哪里？"

　　"正门口。"我抬头看看，已经走到了门口。

　　"待那儿等着。"

　　我愤愤地把手机里的那个号码删除，留着干什么，碍眼吗？

　　施奥见我蹲在地上，就蹲下来和我说话："喝多了？"不是疑问的口吻。

　　我被音乐震得脑子疼，确实累了困了，就点点头。

　　现在已经不是晚上了，是第二天，我下午还要去满天星支小摊，施奥和我一起回去了。我躺在床上辗转反侧,旁边的电话响起短信的铃声,我打开看。

是一串陌生号码:找到你朋友了吗?

【1993】10

牛犇也真是怂，我还以为他能就此罢休呢，却没想到他不仅是个乒乓痴，更是个牛脾气。三天后，他和他母亲一起出现在我们年级办公室里。学生带着父母直接找到班主任"告状"，这种事在一中鲜少出现，不知道的还以为出了什么大事呢。

我趁着上厕所，在办公室门口听了几句。

我们班主任姓王，是个年近五十的男人，现在他端着瓷茶缸，一脸哭笑不得，问坐在对面梗着脖子红着脸的女人："这位家长，您说的情况我都了解了。牛犇酷爱乒乓球是好事，我们也都支持，可是学生们打乒乓球都是自愿的，我也不能逼着晁鸣跟牛犇打呀。"

我在办公室门口窃笑。就在这时，有人撞我肩膀，我一看，是晁鸣。

"听墙角呢你？"

他身后还跟着我们班长，她冲我说："老班叫我和晁鸣去办公室。"

晁鸣比我高很多，于是我拉过他的衣领，让低头弯腰，和我在同一水平线，然后悄声道："牛犇缠上你了，你要小心哦。"

晁鸣和班长进去了。

那天是周六，下午两节自习课结束后就可以回家，尽管牛犇死乞白赖、不依不饶，王老师还是准许晁鸣离开。

桥头有架秋千，不算新。

"好幼稚啊你，"晁鸣晃几下，"这么大了还荡秋千！"

我不接他的话，说："要不要你坐好，我推你？"

晁鸣一口拒绝，我没听他的，还是站起来帮他推。

别看晁鸣挺瘦，真推起来也很费力气，可秋千就是刚开始难推，等惯性到了，它自己就会摆起来。晁鸣长手长腿，秋千不动就显得很窘，真正荡起来才能施展开。

在荡到最高点的时候，晁鸣极富少年感地"哇"了一声，我笑他："你还说我幼稚！"

从某些角度看，晁鸣好像马上要掉进粼粼的河水里，变成划开赤潮的一只水鸟。

"换我来推你。"晁鸣要求。

我当然巴不得。当我坐在秋千上，晁鸣从书包里拿出一副耳机，戴在我耳朵上。

"我妈上星期从日本回来带的磁带机，我还没来得及弄歌进去，只有一首我妈好喜欢的。"晁鸣说。

"阿姨喜欢的歌，肯定很好听。"

当我被推起来，耳机里开始放：

风中有朵雨做的云

一朵雨做的云

云的心里全都是雨

滴滴全都是你

今天是晴天，夕阳是落日残红，没有火烧云。

"晁鸣，这么长时间了还没天黑哎。"我落下来的时候对晁鸣说。

"当然，"晁鸣的膝盖微顶，防止我往后荡，"入春了。"

等我停下，把耳机还给晁鸣，嘴巴里还在小声哼那首歌。

"好听吗?"晁鸣问我。

"好听,叫什么名字?"

"你和我妈品味真一致,我觉得不好听,她在家天天放。"晁鸣取出磁带看了一眼,"名字是《风中有朵雨做的云》。"

"是你品味差。"我反驳。

周日。

晁鸣中午直接敲响许朵朵家的门,上次他来过,因为没法联系我,所以只能这样。那时候我正在房间里看书,许朵朵大声喊:"点点——你同学找你——"

我和他一起下楼,西边大路停着晁挥的车。

晁鸣和他哥说了我被姜为民打的事,晁挥决定请我吃顿饭。

"以后没地方去,就来家里。"晁挥说。

我连连点头。

晁鸣搅拌沙拉,头的重心靠后,脖子却向前突:"别客气。"

"最近有朋友送了我个 BP 机,我原本的就很好不用换,"晁挥从他的公文包里拿出一个黑色的呼机递给我,"送给你吧。"

我的妈呀!还能送这个吗?我以为吃一顿西餐就已经极好了。

我特别想要,我想在上面挂晁鸣送我的黑石头。推推搡搡中我收下了这份礼物,开心死了。

"你的号是多少?"我悄悄问晁鸣,我要背下来。

"67280。"晁鸣说。

晚上返校回到宿舍,我躲在被子里寻思:使用呼机费用自然不低,可是晁挥在里面充了值,我只和晁鸣联络不会花特别多。

虽然要打到寻呼台,把想说的话告诉寻呼小姐,可是我仍暗暗决定,下次晁鸣过生日我一定向晁鸣说"生日快乐",就用这台寻呼机。

【2000】11

今天是周三,施奥回临城,罗宵子有晚课,晁鸣会在八点半左右回家,他会先冲个澡,然后喝杯人头马XO。

第二次"潜入"晁鸣家院外顺利很多,这次我长记性了,包里背着一台相机。我几乎已经彻底放弃和晁鸣正常沟通了,他每次都是那样的语气、那样的态度,这世界上谁也不欠谁的。可是就在我等待的时候,口袋里的手机响了。

叮咚!是我的短信铃声。

忘记说了,那个SS这几天经常用这个号码发一些无聊的话。我点开,他问我:在干什么?

这几天他发的消息我一条都没回,现在我心情好,于是回他:干你屁事?然后就关机了。

大概在八点三十五分,晁鸣回来了。响起开门声,接着二楼的灯亮了,没过五分钟,浴室响起水声。

趁他洗澡,我出来察看情况。

我知道晁鸣的车,通常他会将车停在车库里,而这次他则是直接停在了街边。而在他的车的后面还停着另一辆车,我瞧见不远处,一个司机打扮的人正在路牙子旁抽烟玩手机,于是我意识到这辆车的主人正是晁鸣的哥哥晁挥。

刚回上城那会儿,我曾经在银行里远远看见过一次晁挥,也看见了姜为民。我和晁挥接触不多,但对他的印象很深。开玩笑,就是因为姜为民冒充我给晁挥写信，我才离家出走和辍学，摸爬滚打七年，才有了今天的我，我怎么可能忘记他这个大 BOSS 呢？

晁挥对晁鸣，可以称得上是长兄为父。晁父很早就过世了，晁挥早早就开始处理家中的一些生意，作为大了晁鸣八岁的大哥，他主动给予晁鸣父亲一般的关心和教育。

为了不引起那个司机的注意，我努力放轻脚步又回到了我的老地方：那块位于转角处的被建筑遮挡的方形阴影。这是个很好的位置，头顶就是晁鸣的浴室，而只要稍微探出一点脑袋，就能看到晁鸣家门口的状况。

楼上的水声停止了，不久后我听见一些细碎的对话声。我努力听着，但还是什么有用的信息都获得不了。

转机来得猝不及防，就在我要放弃的时候，不知道谁突然提高了嗓门，晁鸣和晁挥的对话声突然大了起来，甚至伴随着东西被扫落在地上的声音。

争吵声逐渐变大，我小心翼翼地将脑袋探出墙角，门口还是什么都没有。

虽然我已经很努力地试图从他们的对话中获得一些我想要的东西，但是不得不说，可能他们两个人已经到了无法沟通的地步，争吵也从辩论变成了纯粹的言语攻击。

就在此时，门"砰"地被打开，紧接着一团黑色的身影摔了出来。晁鸣和晁挥长得很像，高中时代的晁鸣由于年纪小，身型以及个头都不及哥哥晁挥。这么多年过去了，即使晁挥正值壮年，晁鸣的身材也已经赶上哥哥。我几乎不能认出谁被人就这么扔了出来。

下意识地，我慌张地拿出背包里的相机开始拍照。

慢慢地我看清楚了，在这场争吵中处于下风的是晁挥，到了最后，他躺在地上被晁鸣一拳一拳地击打着。这段完全的压制并没有持续很久。在我的印象中他们两个的关系一直都很好,我想不出来有什么会让晁鸣对他哥哥下这样的狠手。

晁鸣站起身,大喘着气:"离我远点。"接着就回了家将门摔上。

我将自己整个人蜷在墙后,像上次那样捂着嘴不敢出声。我不清楚晁挥是什么时候离开的,只是在脑中不断复盘着整件事以及我之后能利用这些照片做什么。我看着手中的相机,心中的阴云逐渐被驱散。

"晁鸣,"我小声说,"落我手里,完蛋了你。"

打开电话看时间,却看到在七点五十八的时候SS号码回复的短信:

在干坏事吗?

这种调侃话,这几天他没少发,我烦都烦死了,也不想理他。

【1993】11

再次见到施奥是在高二下学期的暑假,当时晁鸣邀请我去冰场滑冰。

"高美妮呢?你不是也约了她吗?"我一只手扶在冰场外缘的栏杆上,另一只手在嘴边哈热气。

晁鸣在用脚后的刀尖转冰,听到我问他后说:"她来做什么,谁出来玩还带同桌?"

施奥滑过来:"你们俩嘀咕什么呢?"

"没什么。"我冲施奥笑了一下。

看我一直在往手上哈气,他把外套脱下来。"晁鸣没和你说冰场很冷吗?虽然外面是挺热的……给,你穿我的外套吧。"说完这句话,施奥就把他的牛仔衣披到我身上。

衣服很厚,我一下就变得暖烘烘。

"喝东西吗?"晁鸣把目光从我身上移开,问施奥。

"北冰洋。"施奥说。

"我也……"我想说我也喝北冰洋。

晁鸣滑走了,他摆手臂的时候外套会小幅度掀起,衣服掖在裤子里,身姿矫健。

"怎么了他?"施奥问。

"谁知道?"我顺着栏杆滑,施奥跟在我旁边。

施奥很贴心,相较于晁鸣,简直就是一个完美的大好人。虽然我滑得还行，一直到现在还没有摔翻，可他的手臂一直在旁边护着我。

"晚上有空吗？"我们俩沉默了很久后，施奥率先说。

"怎么了？"

"上次在万胜城，教你半天还是输，今天晚上我再好好教你。"

我晚上没事，只是许朵朵让我早点回家帮她带孩子，我想问问施奥晁鸣去吗，可还没问出口就发现晁鸣掂着饮料回来了。

"去吗？"施奥是侧对晁鸣的，还没看见他。

"去，晚上我陪你去万胜城。"声音有点大，想让晁鸣听见，那他应该也会去。

"好，一会儿……"

"给。"晁鸣递给施奥北冰洋，而我的和他的都是可口可乐。

饮料是从冰柜里拿的，即使用吸管吸还是凉得不行，再加上碳酸饮料的辣，我五官皱缩在一起，好爽。施奥问我要不要一起去滑，我怕自己速度太慢拖累他们，就主动说留在原地帮他们看管饮料。

他们好像一边滑冰一边说着什么话，晁鸣滑冰很帅，速度快了外套就整个翻起来。

最后在更衣室换鞋子的时候，如果不是施奥提醒我，我几乎把答应他的事忘个精光。

"你们去哪儿？"晁鸣骑在摩托上问。

"姜同学让我教他打游戏。"施奥说。

"哦，"晁鸣戴上头盔，"那我先回家了。"

摩托车后那个金属筒子的烟喷我一腿，烫得我一哆嗦。

施奥用肩膀揉我："走吧。"

晁鸣的车早就没影了，我看着施奥说："走吧。"

施奥教得很好，但我学得不行，他让了我我才勉强赢了几把。

"唉，你是真没天分。"施奥直摇头。

"我手笨，脑子也跟不上。"

施奥拎起椅子背后挂的外套，对我说："吃饭吗？"

"我不太饿……"我实话实说。

"你推荐你喜欢吃的。"

这时候我的呼机响了，我拿出来看，是晃鸣给我发的消息，他问我到家了没。

"这个石头挂坠，"施奥说，"挺眼熟。"

"晃鸣的。"我展示给他看。

"呼机也眼熟。"

"什么？"

"几个月前我陪晃鸣买的。"

"可是，"我把呼机仔细打量一遍，"这是晃鸣哥哥给我的。"

"那是我记错了吧。"

我们两个顺着街道走，施奥说反正也没事，不如送我回家，我没什么理由拒绝，也不想那么快回家当免费保姆，能在外面多赖一会儿就是一会儿。

"你成绩很好吧？"施奥问我。

"还行啦，有时候能和晃鸣争争第一名，有时候又被他甩下去很多。"

施奥比我大两岁，按理说应该是上大学的年纪。

"哥你怎么没……"话都要说出来了，我突然觉得这样蛮不尊重人的。

"没上学是吗？"施奥却接着我的话往下说，"我爸就一暴发户，我初中毕业他就让我去给他帮忙。反正我学习成绩不怎么样，给他干事又能赚钱，何乐而不为？"

"要是能赚钱，不上学也挺好的。"

"你想考什么大学？"

"T 大，"我坚定地说，"我和晁鸣都想考 T 大。我哪儿也不想去，就想好好留在上城。"

施奥点头，随后指了指自己的牙齿，对我说："你戴牙套很可爱。"

"刚开始难受着呢，什么都吃不了，只能喝水，还得想法跟我爸解释。"

"解释什么？"

"这不是我家人带我去戴的，"我踢走脚边一颗石头，"是晁鸣。"

不知不觉已经离我家很近了，再转个弯就进家属院了。

"我要回家了。"我和施奥告别，"我多了一个小弟弟，我得回家给他换尿不湿，还得，呃，冲奶粉。"

施奥应该是笑了："好，那我送……"

"不用，不用，很近了，我自己可以回去的。"

走进楼道的时候，我听见外面传来很大的摩托车的轰响，我想起晁鸣的讯息，连忙给他回过去。

我说我到家了。

【2000】12

出来喝酒吗？

坐在床上盯着手机上的那排字的时候，我还没彻底睡醒，半天没反应过来这人是谁。我把手机拿近些看，才发现是SS，这条短信是今天凌晨三点给我发来的。

今天是周一，下午有晃鸣的课，外面有些冷，我多加了件外套。

"看样子今天可能下雨喽。"李婶在给她的小车加雨棚。

"是啊。"我抬头，天空阴沉得像下水道口久久不落的脏水珠子。

"立秋过去，"李婶说，"一旦下雨，就不可能再回暖了。"

乌云重，没太阳，大街小巷就都失了色彩，整个一幅蹩脚的水墨画。

"小姜你是不是还有别的工作啊？感觉你卖东西跟玩似的，一点也不认真。"

"没啊，"我谎话张口就来，"是我懒。"

李婶疑虑地看着我："哦，那婶儿问你个问题，你可不许生气。"

"您说。"

"好久之前来这儿找你还和你拌嘴的那个男的，是……"李婶指的是施奥。

"是我哥，我们因为家里的事情吵嘴。"

"那就好那就好，婶儿还以为你得罪什么人了呢。"

因为天太阴，我给张心巧打电话让她今天先别来，然后把小摊随便遮了几下，就急匆匆赶到教学楼上课。整理东西耽误时间，以至于我到教室的时候前几排坐满了人，就连晃鸣也已站在了讲台上。于是我只好坐在靠后的位置。

晁鸣今天穿着白衬衫，衬衣下摆掖在西装裤里。他在往黑板上写字之前把袖子捋到胳膊肘的位置，露出截精壮的小臂，我看到那上面好像贴了几条创可贴。

上课的时候我很少会分心，外面落雨了，什么时候开始的，下得多大我通通不清楚。直到下课铃声响，我才注意到外面的雨声以及变得潮湿昏暗的教室。学生有的自己带了伞，有的有人来接，反正通常我都是最后一个走的，而且今天我并没有带伞，最后还是选择坐在教室里。

我是这样想的，就在教室里坐到雨停为止。

人走完了，晁鸣还在讲台上收拾教案。

"晁鸣，"我叫他一声，"你带伞了吗？"

晁鸣抬头看我一眼，表情淡淡："没。"

"如果你回不去的话，我把外套借给你，你可以披在头上。"

我话音刚落，教室门口就传来甜甜的女声："阿鸣，可以走了吗？"接着探出一张脸，是罗宵子。

晁鸣便没再回我的话，迈大步往外走。

我尴尬地笑了下，把刚脱下的外套又穿上，然后准备移动到临近窗户的位置，这么无聊，还不如看看雨。就在我要站起身的时候，外面突然响起了一道男声。

"点点。"

我看过去，是施奥。

施奥的头很小幅度地往左边偏了一下，他说："就知道你没带伞，走吧。"

外面几乎是瓢泼大雨，风极大，把雨点吹得歪斜。

施奥打开伞，我们还是半边身子淋湿了。

晁鸣和罗宵子就在我们后面不远，也被淋成半个落汤鸡。

"昨天我没看天气预报。"我对施奥说。

"我也没看,"施奥直直盯着前方,"正好我在附近,就来接你了。"

"谢谢哥。"

我们走得虽然不快,可还是有水溅在我的鞋子和裤脚上,脚腕开始发凉,难受。

"你看到晁鸣女朋友了吗?"我问施奥。

"看到了,这么些年他口味还真没变。"

"你说他们会分手吗?"

"不知道。"

回到出租屋的时候,我打了盆热水泡脚,这种体质特别讨厌,动不动就手脚冰凉。我坐在沙发上边泡脚边看电视,电视上在放松下电器的广告。

就在这个时候我的电话响起来,叮咚!是短信。

考虑好了吗?

哦,是早上那条的后续,百无聊赖的我给他回:**不考虑。**

看样子雨要下到晚上,因此我不打算再出门,厨房里还有我上次买的一些食材,我准备给自己做顿饭。高中时在小饭馆帮过厨,那里的师傅教会我很多。

腊肉炒干笋,腊肉炒土豆丝和一盆山楂苹果汤。

我吃不了这么多,可还是喜滋滋地都做出来端到客厅。

屋子里的窗合不拢,总是有雨洒进来,弄得地板一摊又一摊的水,于是我去找了个脸盆来接着。正当我放脸盆调整位置的时候,窗外响起一声惊雷。

砰砰砰!

有人在敲门。

我胆小,觉得这场景仿若恐怖电影中的情节。

"谁啊？"我大声问。

听到施奥的声音我的心才算落在地上。

"哥你来得正好，"我打开门把施奥迎进来，"我做了挺多菜，你来吃点呗。"

施奥看上去心情很差，头和肩膀上还有未干的水渍。我看他伞也没拿，推测他应该从车上下来就直接进了楼道。施奥平常都住在自己家，我怀疑他和他爸闹了矛盾。

"怎么啦，和叔叔吵架了？"我围裙还没脱，赶紧给他拿毛巾。

施奥一屁股坐在沙发上，说："今天我爸叫我回家，我还以为有什么事。"

我边解围裙边听他讲。

"我一回到家，发现晁鸣正坐在我家客厅和我妈说话。"

我愣住了。

施奥苦笑："你看，那时候我的表情和你一样。"

"他找你做什么？"

"他没和我说什么，我妈让我和他回楼上叙旧，他把这个给了我，让我还给你。"

我坐在施奥身边。当看到那个塑料袋里装的盒子的时候，我的心抖了一下。今天太冷了，该死的合不上的窗户！李婶是不是说立秋过去，一旦下雨，就不可能再回暖了吗。我还没有厚衣服，我得去买些。

"我没看是什么。"施奥把东西递给我。

是那种既常见又廉价的塑料袋，随便系了下。

香槟色的彩带，随便系了下。

是晁鸣十八岁生日的时候我送他的钢笔。五十八块，我的压岁钱、零花钱、偷拿姜为民的钱都在里面了。记得姜为民虽然怀疑那钱是许朵朵拿的，可最后遭殃的还是我，他一巴掌扇在了我头上。

窗外又有一声雷，零点几秒中恍若白昼。

我打开盒子。

钢笔的笔头断了，一滴墨洇在白色的缎面上，像夏日深夜我起床打死蚊子后留在蚊帐上的血。

通常都是我的血。

【1993】12

窗外知了在叫,伴随着一些不知名飞虫的嗡鸣。

我睡的是一张铁折叠床,放的位置很差,再加上有次姜为民摔门把把手摔坏了,房间的门锁不上,所以我躺在上面的时候能看到门缝外客厅的光,也能听到客厅里收音机的声音,以及姜为民和许朵朵的窸窣话语。

我就静静听着电台主播讲述感情故事,有时候许朵朵的声音会陡然拔高,让昏昏欲睡的我突然惊醒。

从我和晁鸣说到家了后,他就没有回复我。

我身上盖着毛巾被,手里握着呼机。

"工号113为您服务。请说传呼号码。"那边是冰凉的女声,已经将近十一点,她却说得好精神。

我有点不好意思,用被子盖着头小声言语:"呃,传呼67280。"

有节奏的嘀嘀声响过之后,她接着说:"现在请您留言。"

"请帮我留言:晚安,好梦。"我说。

啪嗒啪嗒,她敲击键盘:"就这些?"

"就这些……谢谢你。"

"不客气。"她爽利地结束我们的对话。

我盯着那个小盒子看了一会儿,屏幕发出绿色的光,上面飘过用黑点组成的字幕。也不知道晁鸣会不会回我,我决定出来看会儿书再睡。

从被子里露出头的时候，我压根没料到姜为民会出现在我的房间里，我惊栗，吓得大叫。

姜为民就站在我床边，听到我的叫声后皱眉，不快地说："你爸又不是鬼。"

我缓了几下都没缓过来，一边把呼机往枕头底下藏一边顺气。

"你手里是什么？"姜为民问我。

"没什么。"我撇清。

"养你这么大，什么事能瞒过你老子？拿来给爸看看。"

我不想把呼机交给姜为民，无论从哪个方面，都不想，于是我说："爸，真没什么。"

姜为民用鼻子冷哼一声，右拳握住就要向我挥，我本能地挤眼、身子往后躲。拳头没像我想的那样砸到我身上的任何一个地方，姜为民直接拽我的胳膊，手伸到枕头底下，把呼机抢了过来。

他不断地按动上面的按键，翻来覆去地看。姜为民前段时间不知道发了什么财，狠下心给自己买了个数字机，但肯定不如我这个贵。"嚄，牛啊，哪儿来的？"

我见瞒不住，为了不让姜为民把呼机占为己有，就说："我同学的，他借我玩几天。"

"哪个同学，这么阔气？"

"上次送我回家的那个。"我回答。

这时候许朵朵跟过来，她头上弄满了发卷，没穿内衣，外面套着一件洗得发黄的绵绸睡裙，倚靠在门口看我们俩。"老姜，"她说，那声音好像在提醒，"还给点点。"

姜为民转头看她，两人有很明显的眼神交流，我不知道他们葫芦里卖的什么药。出乎意料的，姜为民居然听许朵朵的话预备把呼机还给我。就在这时，呼机响了，哔——

我们三个人的目光一致聚在呼机上,姜为民不尊重我,毫不犹豫地点开了那条信息。

"晚安。"姜为民读出来。

许朵朵率先发出一声尖锐的笑,甚至浮夸地弯腰。

许朵朵笑出了眼泪,她用手指按按眼角:"行了,老姜,走,回去睡觉。"

门缝里没光了,我再次把自己埋在毛巾被里。

"工号113为您服务。请说传呼号码。现在请您留言。就这些?不客气。"我学电台小姐说话,看着屏幕上的"晚安",在光灭的时候按按键,直到我眼皮睁不开、没力气再点亮"晚安"。

事出反常必有妖,人若反常必有刀。

第二天我被光溜溜的姜卓弄醒,睁开眼,发现许朵朵把只穿着尿不湿的他放到我身边。

"点点醒啦。"许朵朵和蔼地说,随后递给我一袋牛奶。

我迷迷糊糊接过来,很烫,应该是刚从滚水里拿出来,包装上还带着水珠。

"卓卓,"许朵朵搔姜卓的胳肢窝,"叫哥哥,叫哥哥!"

姜卓咿呀两句,就要抢我手里的牛奶。我顺势把牛奶给他。不知道许朵朵在干什么,吃错药了?奶里会不会下毒都未可知。

"还给哥哥,卓卓——这是哥哥的奶。"许朵朵又开始佯装严肃地"教育"姜卓,她演戏不错,应该去当个女明星。

"阿姨,"我问,"有什么事吗?"

"没什么呀,想让你们哥俩热络热络。将来我和你爸爸老了、死了,还不都得你们两个相互帮衬吗?这世界上只有你们是最亲的。"

我明面上点头,心里却把虚伪的许朵朵骂了成千上万遍,昨天那嘲讽的笑我可忘不了。我演戏也不错,应该去当个男明星。

没想到早晨的热牛奶只是最开始，姜为民和许朵朵的好戏都在后头呢。他们搭好戏台子，摆好阵仗，分别饰演男主角和女主角，而台下——坐着我。

那天中午吃的油焖大虾和红烧肉，都是难得的好菜硬菜，可姜为民和许朵朵都不知道我不爱吃肥肉。他们把一块又一块油腻的红烧肉夹到我碗里，脸上挂着谄媚的笑，说谄媚有点过火，反正是令人头皮发麻那种笑。

"你要和同学保持好关系啊，点点。"姜为民说。

我低头扒米饭，口齿不清地回"嗯"。

想象那种场景，姜为民和许朵朵捧着饭碗，也不吃，就端坐于桌前看我吃，他们的宝贝儿子姜卓坐在宝宝椅上吃得满脸都是油。

许朵朵瞪姜为民一眼，转而对我说："阿姨和爸爸平常不太在意你的生活和学习，你看，连你的朋友都不认识。"

太拙劣了！我收回许朵朵能当女明星的话。

碗里的红烧肉我一口没动，看这架势今天我最大，于是我把红烧肉如数拨到姜卓碗里。我对对面的男女主角说："我不喜欢吃肥肉，吃了会呕吐。"

许朵朵立刻捶了姜为民肩膀一下道："早说让你做鱼香肉丝，现在好了，做的饭孩子都不乐意吃。"

今天是几号来着？太好笑了！我要记录下来。

"下次阿姨给你做瘦肉的，啊。"她的"啊"好像在给姜卓喂奶的时候发出来的，充满一种母性的殷切。

"牙套，"姜为民插嘴，"是借你呼机的那位同学带你戴的吧。"

我点头。这才是正题。

"他叫什么？"许朵朵问得急了，又连忙补充，"年前还送你回来，让你吃让你住，我们总要记个名字感谢他。"

"他叫晁鸣,日兆晁,口鸟鸣。"

姜为民和许朵朵对视一眼,再看向我时已然笑开花。

"点点,爸爸求你帮个忙。"我爸说。

【2000】13

记得在我十一岁的时候,姜为民带我去公园捕蝴蝶。北门凉亭旁有一丛开得正艳的马缨丹,上面的蝴蝶有巴掌那么大。在那之前我见过最多的就是菜粉蝶,长得跟蛾子似的,唯一的优势就是多,哪儿哪儿都能见到。那天我在花簇里碰见一只漂亮的黑蝴蝶,翅膀边缘图案繁杂,有孔雀绿的眼对,停在一朵怒放的马缨丹上,口器蠕动。

它比菜粉蝶好捕捉,因为往往越大的东西行动就越迟缓。姜为民用手捏住它的翅膀,它就无法再飞了,让人既可怜它又想摧毁它。姜为民统共捉到四只,还有两只黄凤蝶和一只不知名的偏蓝蛾。

回到家的时候,蝴蝶已经奄奄一息,只有触角在颤。我有本很厚的《基督山伯爵》,是我十岁那年我妈送我的生日礼物,那时候太小我读几页就放弃了。姜为民把蝴蝶们夹在这本书间隔的书页中,我确定他合上书本的时候蝴蝶还活着。睡觉前我翻开,蝴蝶标本的黄色内脏被如数挤压出来,盖着那些充满复仇惊悚的文字。

晚上书就放在我床头,我却吓得不敢动,被子遮到眼睛下面。基督山的故事成了蝴蝶的死亡陈列棺,成了尸体盛宴。

为什么我不敢动?因为我觉得自己置身于昆虫太平间。

现在我躺在出租屋,即使把窗帘拉得严实,可还是能借着隐约的光看见放于床头柜上的方正盒子,里面存放着蝴蝶的尸体、钢笔的尸体,它们都被残忍地对待过,开膛破肚、砍下头颅。

现在五十八元买不到好东西了。

什么时候摔坏的，从前，抑或是这几天？我不明白。高中时期我从来没做过伤害晁鸣的事情，但他在报复我，报复我当着他的面把黑石头扔进池塘，所以也要立即毁坏我送他的东西吗？

他热衷于冷暴力，热衷于羞辱我。我也要羞辱他。

但凡有点智慧的人都知道，任何决定都要三思而后行，且不可以做在深夜。可是到我身上这条真理就似乎行不大通，睡觉前我做了这个决定，即使经过整整两天的思考，到第三天我仍旧没有后悔。

周四。

人没走完，我把书本和笔囫囵塞到包里，向讲台上的晁鸣走去。他正在将眼镜放进眼镜盒，随后开始整理教案。

"晁鸣。"我喊他。

晁鸣睇我一眼。

我把手里攥的钢笔盒子丢到讲桌上，问："有意思吗？"

晁鸣完全不受我言行的影响一般，甚至还笑了下："你不是最喜欢搬以前的人和事出来吗？我跟你学的啊。"

我根本都不想再提什么"这是我送你的第一个生日礼物""十八岁""烟花"之类的矫情言语。

"能和我出来一下吗？"我忍着心里的气。

"你有事，"晁鸣敲敲桌子，"就在这里说。"

"我……"

"倘若是什么难听的话，学生都没走呢，丢人的可不是我。"晁鸣一副要听我讲的模样。

我也不是好惹的："你确定吗——鼎苑A区，7幢。"

晁鸣皱了下眉头。

"晁老师，你们高级小区的安保也就那样吧，我随便出入那么多次你们的小区，你都还没有发现呢。"我接着说，我的模样肯定得意极了。

晁鸣腮边鼓了一下，看起来是在忍我。

我从背包里拿出相机，将其中晁鸣对晁挥大打出手的照片展示给他看。

晁鸣的神情没有什么变化，他甚至只是扫了几下那些照片就移开了眼神。接着他从我手里直接夺走了相机，没做任何犹豫地将整个机子砸在墙上。镜头和机身瞬间碎裂。

"没用，"我冷笑，"早就备份了，晁老师。"

晁鸣最后看了我一眼，眼神复杂。

"姜亮点你很有本事，"他走之前和我说，"但也蠢得要命。"

我把地上摔坏的相机捡回来。

回家的时候天又阴了，我觉得自己就是那只黑色的蝴蝶，被晁鸣捏住翅膀。鳞粉粘在他的指头肚上，越来越多，直到翅膀破了个洞。能缝山的针都再也补不好。

将近十二点的时候我收到了SS的短信。

出来喝酒吗？

我翻来覆去想了一小会儿，回他：*什么时候？*

【1993】13

我站在电线杆后面吃雪糕,旁边的婴儿车里躺着一直伸手向我要雪糕的姜卓。我咬掉一小块,喂到他嘴里。

"好吃不,小傻子?"我问他。

反正他什么也听不懂,只会吧唧嘴。

姜为民和我说,一会儿那幢大楼门口传来吵闹声就抱着姜卓过去找他,原因他只讲了个大概,说是自己在公司犯了错,现在要去央求大老板保住工作。这就是昨天他在饭桌上要我帮的那个忙。

不远处传来许朵朵的喊叫声,夹杂一些哭腔。其实我一直不明白今天我和姜卓过来的目的是什么,管他呢,爱咋咋吧。

我把木棍上残余的雪糕舔进嘴里,然后按计划抱着姜卓向那栋大楼快步走去。透过玻璃大门,我能清楚看见里面发生的事。

许朵朵展臂,挡在一个穿西装的男人面前,姜为民双手合十,一边讨好地对男人说话,一边揖拜。有路人驻足,也有公司员工欲上前帮忙,但都被母老虎般的许朵朵挡了回去。

我心生不屑,姜为民家里家外完全两个做派,冲我喊骂、捋袖子打我的的时候可没现在这样没骨气,许朵朵倒还是原来那副发廊妹的样儿,市井且泼皮。丢死人了。

我把姜卓的眼睛捂住,不想让他看到这样窝囊的父母。

许朵朵边拦人边张望,发现了站在大门口的我。

"点点——"她抹了把脸,向我招手,"点点,姜亮点,过来啊!"

就像大年三十点的长鞭炮一旦点燃，所有人的目光都会追着噼啪作响的火光，许朵朵把焦点抛给我，所有人就都看向我。

包括姜为民，包括穿西装的男人。

直到那时候我才明白我爸和后妈为什么要给我做红烧肉和油焖大虾，为什么硬要我带着姜卓来帮他"工作"上的事，为什么他们脸上带着近乎释然与安心的表情。

在那一瞬间，我仿佛成了救世主。

还记得有次我和刘好上历史课说小话，她和我讲她人生经历过最尴尬的事情就是月经初潮。她穿白裙子去给她小姑打酱油，一路上所有人都在看她，等她到家门口时才发现自己屁股后面血糊糊的，那时她恨不得钻进地里。

如果刘好现在站在我身边，我肯定和她说，我比你尴尬一万倍。

因为穿西装的人是晁挥，晁鸣的哥哥。

我不想留意陌生人的眼光，这往往很没意思，因为他们对我印象是好是坏伤不了我一根毫毛；得到他们的爱我不会变好，得到他们的恨我也不会更差。

可晁挥不一样，他是晁鸣的哥哥。晁鸣的亲戚朋友，甚至是家里的保姆和清洁工对我来说都不一样。我常常想留下一个好些的印象给他们，阳光正直，亲和明朗……而不是倒胃口的家中琐事和阴暗暴躁的臭情绪。

我和晁挥对视，这让我似乎回到年前在晁家洗澡没热水的那晚。

姜为民又在喊我："点点，点点，过来，到爸爸这儿来！"

我想逃，真的。

姜为民离我不近，却好比就站在我跟前捏着我的腮帮把我的脸展示给全世界看。我就不明白了，姜为民毕竟是我的爹，为什么就一定要让我如此难堪呢？

我张了张嘴想说话，可嗓子哽住，发声困难。

姜为民见我站在原地不动，过来就要抓我。就在这时我身后冲过来一个极快的身影，我还没看清楚到底发生了什么，姜为民就被这个突然出现的人轻松制服了。许朵朵不知好歹地跑过来要拨开他，却被他毫不留情地一下挡开。

那是个模样嫩涩的青年，身手极好。

"女士，我们这儿没有不打女人的规矩。"青年的声音不大不小，在场的人都能听到。

"你们是怎么保护晁总的？"他又把话抛给刚刚从厕所回来的保安。

许朵朵躺在地上撒泼，姜为民仍在向晁挥说谄媚的话，我怀里的姜卓更是号啕大哭。

乱套了，没王法了，警察呢，抓走他们吧。我脑袋里就只剩这几句话。

"姜亮点！"许朵朵嘶吼，"你还管不管？"

管什么？他们凭什么有这种盲目的自信认为我有本事可以管，凭年前我提了一句"晁鸣哥哥开车送我回来"吗？

我真不知道说什么。

"哥……"我不受控制地往前迈一步，看着晁挥说。

护在晁挥身边的青年见我要过来，气势汹汹地挥起拳头。

"卢宋，"晁挥伸手制止他，"这是小鸣的同学，我们认识。"

名唤卢宋的青年便马上住手，退回晁挥身边保护。

听到这句话的姜为民简直双眼发光，不住地点头，嘴里喃喃："认识……认识……"

姜卓整个人往我身外拱，我快要抱不住了。晁挥上前帮我扶了把，尔后给我递了条手绢。

"擦擦吧。"他对我说。

我一摸，满脸的泪。

晁挥是个顶成熟的男人，"双商"奇高，晁鸣在有些方面和他很相像，只是情商比他哥差远了。

晁挥带我去了家咖啡厅，又给我点了份巧克力口味的蛋糕。蛋糕很好吃，比我生日吃的好吃许多，冰冰的，口感绵密。

十分夸张的是，卢宋背对我们站在桌侧，因为不远处坐着殷切看向我和晁挥的姜为民、许朵朵。

"你爸就和你说了这些？"晁挥问我。

"如果知道哥哥就是他说的'大老板'，我今天绝不来。"

"为什么？"晁挥敲了两下桌子，"你是晁鸣的同学，又和他那么要好，我应该会帮你的不是吗？"

我低下头，不说话。

"知道你爸爸做了什么吗？"

我又抬起头："不知道。"

晁挥正色，坐直，眼珠往姜为民的方向轻转："他胆子很大，身为财务主管竟然搞假账，偷公司的钱。"

我的脸开始发烫，蛋糕突然难吃起来。

"见亏空越来越大，"晁挥接着说，"你爸爸就拆了东墙补西墙。"

"对不……"我嗫嚅。

"和你没关系。公司准备通知警方，前提是姜为民还不上钱。我们给他机会了，他倒是有个好儿子，想到这么一招。"

"所以我，所以我说如果我知道，绝不会来。"

"你不来的后果就是，你爸爸妈妈被我们直接送到公安局去，刚才那么一出，再加上将来的起诉，有他好受的。"

"就该这么做。"我小声说。

"什么？"

"就该这么做。"我重复一遍。

晁挥咧嘴,往椅子上靠,那双和晁鸣百分之八十相似的眼睛上上下下打量我:"你挺狠啊。"

"不徇私情,大义灭亲。"我说。

晁挥有好一会儿只是在笑,并没有说话。

"其实吧,你是晁鸣的朋友,我就一直把你当作弟弟看。如果你想让我既往不咎也没关系。"

"他们是我的父母,也不能这么利用我,而且干了坏事就应该受到惩罚。"我跟个回答老师问题的小学生似的。

"我就这么和你爸说?"晁挥继续问我。

"也……别吧。"我怂了,怕姜为民进局子前先打我一顿。

"还以为你和你爸一样胆大包天,原来只是个小老鼠。"晁挥干脆笑出声,我不理解,我的话哪里好笑。

他突然指着自己的鼻子,向我示意。

"啊?"我也摸自己的鼻子。

晁挥伸手隔空点点我的鼻子尖:"粘上奶油了。"

"哦,"我把最后一口蛋糕裹到嘴里,"哥,这事你别和晁鸣说。"

"为什么?"

"怪丢脸的。"

晁挥让我先回家,他留下和姜为民说话。临走前我看了眼晁挥的保镖,他目不斜视,好像满心满眼都只有晁挥一人。

走出咖啡厅我如释重负,给晁鸣发了条内容为"在哪儿"的消息。过了三分钟他回过来,说他现在在"犹大的苹果"。

【2000】14

他说周六。

人在愤怒的时候往往拥有很强烈的勇气。因为在那之后的很长一段时间内,我都恨不得他说的是"现在",我就披上衣服出来。在哪儿,任何地方都可以。

然后,周六那天我后悔了。我不擅长跟陌生人打交道,不擅长喝酒,更何况是二者加在一起。

我喝光服务生送上来的茶水,给SS发消息:你别来了。

茶壶的滤网没能过滤到一片褐色茶叶,让它就停在白瓷杯底。劣等普洱,被摘下,被制干,被丢进热水,被舒展。我又想起钢笔、墨点、蝴蝶、基督山伯爵,烫在照片上的洞。

我给SS发消息:算了,答都答应你了。少喝点。

这次他几乎是立刻回复的我,说:好。

我对他了解不多,从我问他"什么时候"到现在,我们通过短信零碎地聊过几句,例如他是"Forest Vein"的老板,我是小诊所的牙医。

快到约定的时间,这人还没来。我想起身走人。

我坐在茶馆里等了很久,手里的茶已经凉透了,可SS始终没有出现。我环顾四周,发现周围的人都是陌生的面孔。

正当我打算放弃、收起手机离开时,屏幕突然亮了起来,是SS发来的消息。我打开一看,发现竟然是一张照片——照片中的我正坐在茶馆里，低头看着手机，姿态和此刻一模一样。

心里猛地一沉，我的后背不禁冒出一层冷汗。我抬起头四处张望，试图在人群中找到拍下这张照片的人，可是，四周依旧平静，没人朝我这里看，仿佛刚才的一切只是我的错觉。

我屏住呼吸，手指在屏幕上飞快地打字：你在哪里？

几秒钟后，SS 的回复出现了：离你很近，近到你根本不知道。

短短的几个字，却带着一种无法忽视的嘲弄，让我心里升起一种深深的寒意。

我感觉自己被一张无形的网笼罩了，对方似乎在暗处冷眼旁观着我的一举一动，而我却对他的存在一无所知。

【1993】14

那是傍晚，光线差劲。

晁鸣倚在座椅靠背上，百无聊赖地拍着面前的按钮。可偏偏穿着白衬衫，像休眠火山顶的积雪，亮晶晶的。

站在不远处望晁鸣，会有种在青年宫观看露天电影的错觉。我悄悄走到他身后，做作地捂上他的眼。

晁鸣停止拍键盘，游戏机屏幕迅速变灰，出现"YOU LOSE"的字幕。

"姜亮点。"他说。

"居然猜得到。"我笑着回他。

晁鸣喊了一声："还能猜不到，刚刚谁给我发消息就是谁呗。"

"怎么，"晁鸣转头问我，"有事？"

"不开心。"我回答。这是实话，但我和晁挥说好了这件事不告诉晁鸣。

"为什么？"

"和我爸吵架了。"

晁鸣一副了然的样子。

"上次施奥带你来，"晁鸣转移话题，"教你，学会了吗？"

"才没呢，叫啥，啥惩罚者的，太血腥，人物也都是巨型肌肉男。我不喜欢玩。"

"那是他不了解你。"

"你了解我啊？"我笑道。

"可不，"晃鸣往游戏机里投了枚币，"来我教你。"

记得高一上学期的小测，有道稀奇古怪的集合大题我和晃鸣写得不一样，他也是这么教我的。

"怎么样，是不是很好上手？"晃鸣解释完操作和规则后问我。

真奇怪，明明我也没有仔细听，可晃鸣讲的东西就自己溜到我脑袋里。也许我就吃他这一套，他讲什么我都能听会，听懂，有他教我，考上T大准没问题。

"刚刚玩的1P，现在2P我跟你对打。"

"啊？我不想和你打。"

"赢了答应你件事。"晃鸣承诺。

"什么事都行吗？"

晃鸣犹豫了一下："嗯。"

我来劲了，选好角色，准备就绪。

"变挺快啊你。"晃鸣略微惊讶。

"条件诱人。"

全神贯注，权当对付一场考试。

晃鸣说得没错，这个游戏真挺容易上手，之前是我低估自己了，好几次我根本没过大脑，手和眼却巧妙配合到一起。我差两格血，晃鸣差一格，他不该跳到上面去够女神的圣水，我暗笑，趁这个机会给了他一刀。

和施奥玩的两次都是输，和晃鸣一次就赢。

才不管晃鸣有没有放水。

我操控的小人物夸张地在晃鸣的小人物头顶弹跳。

"我还挺牛。"我在晃鸣的瞳孔里看到自己笑盈盈，眼睛弯得像初一的朔。

之后我们又玩了几局，他也教我些别的游戏，但我没再赢过他。

晚上我带他去我家门口吃了碗馄饨面，我最喜欢吃这个，可看样子晁鸣那天胃口不怎么样，吃几口就放下了。

他把我送到铁门门口。

"你没骑车吗？"我问他。

"车被我妈发现，没收了。"晁鸣耸肩。

"保持联系。"临走前我冲他摇了摇呼机，黑石头坠调皮地击打我的手背。

"保持联系。"

保持联系。

其实回家之前我一直很忐忑，害怕因为今天的事情姜为民会做什么出格的举动。我很害怕他，他脾气上来了简直是个不折不扣的疯子。

许朵朵家门前的窗网是破的，有一个窟窿，我手腕子细，能伸进去把锁拨开。进家门后我发现姜为民和许朵朵正坐在矮桌前边听广播边吃饭，听到动静他们一齐看向我，我张了张嘴，不知道说什么。

"去哪儿了？"姜为民端着饭碗问我。

我一声不吭地换鞋。

"找同学玩啦。"许朵朵倒替我说了。

他们两个是笑着的，在我看来毛骨悚然，好像涌动着什么古怪情绪和阴谋诡计。我站在门口受他们目光洗礼。

我指指我屋的门："我回去写作业了。"

令我吃惊的是姜为民竟然大度地摆摆手。

兴许是我想太多，几天之内我和他们夫妻俩都相安无事，姜为民没怎么变化，倒是许朵朵对我少了很多阴阳怪气，态度逐渐温和起来。也不知道晁挥是怎么处理姜为民的事情的，但姜为民确实是老实在家待着，没警察上门，也没法院通告。

我们没再说起这件事，也许真就是晁挥看在我是晁鸣朋友的分上饶过了姜为民。那天在咖啡馆的冲动没了,我细细想想,其实姜为民进去了于我也没好处,许朵朵会怎么变本加厉我不知道,说不定我还要自己养活自己,何必自讨苦吃呢?

年份的缘故,这个暑假不太长。唯有两件事还能在我记忆里占据一席之地,一是姜卓会叫哥哥了,也会趴在我肚子上奶声奶气地喊我"点点",没大没小;二就是在姜为民和许朵朵大战晁挥后没几天我发了一场很严重的高烧,昏睡之前我记得有四十一度三,那几天的日子着实混乱,什么时候醒的、什么时候睡的我都弄不清。

病好之后,我先给晁鸣发了讯息。

等了很久,我去澡堂都要用塑料袋裹着呼机放在旁边。

我又给他发了条信息,问他在哪里。

暑假我们说的最后一句话是:保持联系。

他没再和我联系。

我怀揣着忐忑的心情挨到开学,远远地看见晁鸣站在保安室门口登记,我挥臂喊:"晁鸣!"

晁鸣直起腰,往我这边瞥了一眼。

眼神是冰做的刀。

晁鸣走读了。

一个没见过的男生和他妈站在晁鸣床前整理被褥。我的行李还在地上放着,马上就是开学典礼,现在应该留下来收拾,我知道。可我需要立刻见到晁鸣问清楚,校门口的眼神也好,莫名其妙的走读也罢。

我冲出宿舍,气喘吁吁爬楼梯,我们班在走廊尽头,这时候的学生几乎都在宿舍,四周没人,静悄悄的。

八月,夏正旺。虫鸣交叠,层层覆掩,穿过松动的老纱窗,透过走廊的书墨味道,长在我身后似的甩都甩不掉。

我站在班门口，心脏狂跳，大口呼吸着。教室除了晁鸣一个人也没有，他坐在桌前整理课本，背挺得笔直，穿着藏蓝色T恤，校服松垮地系在腰上。

"晁鸣。"

晁鸣翻书的手一顿，然后继续收拾。我走到晁鸣身边，坐到他前桌的凳子上。

"你怎么了？"我小心翼翼看着他，戳了戳他的文具盒里的橡皮。

橡皮真的很难用完，这还是上上学期我切给他的。

晁鸣的目光在我手上逡巡，再顺着腕肘臂膀对上我的眼睛，但很快就移开了，停留在空中越过我的某一点。

他嘴角紧抿，眼神很明显地避免与我的交汇，我不知所措，还是决定再次主动。

"暑假你怎么不回我呢？"

我像个乞丐，哆哆嗦嗦端着破碗求好心路人晁鸣赏我一角硬币。

"你说什么了，"晁鸣用笔把文具盒里的橡皮拨出来，推到桌子边缘，"我回你什么？"

我看着那块摇摇欲坠的橡皮，道："我说我病好了。我问你在哪。"

"我没有义务回你。"

笔尖一挑，橡皮滚落地上。

"你生气干吗……我做什么了吗？"我把橡皮捡起来。

"没。"晁鸣回答。

"那你突然……"

"姜亮点，我们什么关系？"晁鸣收回目光，凝视我。

我仓皇低下头，莫名地心虚。

"朋友。"

"我不想再和你当朋友了。"

晁鸣讲完就站起来，随便拿了几本书抱在怀里，离开教室。

我应该追过去问他这算怎么回事，可我就是既生气又委屈，生气把我屁股钉在凳子上，委屈使我控制不住地把橡皮放回晁鸣的文具盒。

有时候我在想，我心里憋的那股劲儿到底是什么。它帮助我活下去，帮助我考砸后更加用功，帮助我在被姜为民殴打后离家出走，帮助我挡在晁鸣身前。自尊？不是，没那么高尚。它低劣多了，不值钱多了，像个看不清斑点数量的瓢虫。

所以它让我坚持着，没再主动找过晁鸣。

我好像没朋友了。

朋友。

我开始独来独往。化学老师说过，我们现在的中学生就喜欢三两聚堆，等到上大学才会懂得一个人的快乐。我不快乐，一点也不。我企图把自己打扮成一副洒脱的样子，可每到课间操和饭点，我都觉得很孤单。

一节晚自习，刘好在我旁边偷吃清凉糖，能听见糖与牙齿碰撞咯啦咯啦的声响。

她拽我袖子问我作业，张嘴尽是薄荷味，好甜。我没忍住问她要了一颗，也含在嘴里咯啦咯啦。

我在演草本上写"我不想再和你当朋友了"，看眼旁边抓耳挠腮写不出物理题的刘好，狠狠心递给她。刘好有点近视，我字小，所以她先是眯缝眼看，看清楚后吃惊地望向我。

我冷酷地继续做作业。

"姜亮点……"刘好作势来掰我的嘴，"绝交了就把糖还我！"

她声音好大，纪律委员把我俩的名字写在了黑板上。

刘好喋喋不休，琐碎的抱怨落在我耳朵里，我突然觉得是不是那股劲儿把我带往错误方向，七星瓢虫进化成十一星瓢虫，害我。

我答应刘好帮她抄两章《论语》以表歉意，才堵住她的嘴。

晁鸣走读后就不留在班级上晚自习了，他的位置是空的。

还有一小时二十三分钟放学。

有人在翻书，有人在写字，头顶的风扇摇转，我呼吸加快，一个庞大而明艳的计划酝酿心中。

晁鸣：

你好。

我们大概四天没说话了，从开学的时候你在教室告诉我：我不想再和你当朋友之后——我们四天没说话了。

这段没写好，我撕下来揉成纸团。

晁鸣：

我也不想再和你当朋友了。

地球上的几十亿人，就好像百分之九十七的海洋水，泱泱无尽，我根本不在乎。

四天里我想了很多。从军训时候你钩我后脑勺的小尾巴，到为一些题目答案争执、蓝色荧光游戏机、十字路口的新年烟火……我好想把每个细节都回忆，也以为这将是个漫长的工程，可实际很快，流畅极了，好像回到和你去青年宫北广场看电影的那晚，我孤零零坐在小板凳上，看这些画面帧帧划过。

写到这里我有些激动，于是迅速重新回顾一遍。

呃，好矫情，我撕下来揉成纸团。

晁鸣：

我再次郑重地写下这两个字，咬着笔杆望向深蓝色窗户。窗外墙壁上有一盏照明灯，围着数以万计的蚊子、飞蛾、甲虫、浮尘……灯泡很大，钨丝发红，带着翅膀的昆虫具有很强的趋光性，有些正不要命地往上撞，再纷纷扬扬地洒下。

太阳相当于一百三十万颗地球，我想，照明灯又相当于多少万只小飞虫呢？

笔尖停留的时间长了，洇出个墨点来，我撕下来揉成纸团。

晁鸣：

  地球将要撞太阳。

  其实，我一直很感激能与你成为朋友。从一开始，你的陪伴对我来说就是特别的。每次和你聊天，一起经历的点点滴滴，都是我很珍惜的回忆。你总是有种特别的方式让我放松，带给我很多快乐，让我觉得这个世界更温暖。

  最近我发现你对我冷淡了，甚至刻意和我保持距离。我不知道自己做错了什么，也许是我不小心触碰了你的底线，或者无意中让你误会了什么，但我真的不想失去这段友情。你是我少数能够信任、依赖的朋友，所以，我真的希望我们能重新开始。

  如果我真的哪里做得不好，请你告诉我，让我有机会去改正。我很在乎这段友情，也不想因为一些误会而让它变得冷淡疏远。晁鸣，我们还能像以前一样吗？

姜亮点

清凉糖在嘴巴里待得太久，把嘴皮搞皱，甜死人了。

【2000】15

现在是上午十一点,我睁开眼。

昨天被"放鸽子"后,我一气之下跑到超市买了几瓶酒,自己回家喝。

很快我就把自己灌醉了,爬到床上倒头就睡。

电话响了,我艰难扭头,才发现我昨晚把电话放在床头柜上,于是我伸手够来,是施奥。

"喂。"我开口,嗓子有种吞玻璃的痛。

"你没在家?"施奥问。

"我在……还在睡觉呢。"

电话那头很久没有说话,过了会儿我听见脚步声,施奥说:"刚回来看到枣糕,买了点儿,给你送来吧。"

我心里一暖,却没作声。

"点点?"施奥见我不讲话,叫了我一声。

"嗯,好。"我忙回应。

这时手机忽然震动,进来一条信息,是那串熟悉的号码:**醒了?**

我洗了个澡,然后打开门,门口挂着什么东西,我拿起来看,是一袋枣糕。

空气中散发着甜腻松软的香,枣子和黑糖,好像把我心角磕酥了,连带肚子也咕咕叫。我倚着墙壁蹲下来——等不及拿到餐桌了,就开始吞吃枣糕。

吃饱之后，我把有关 SS 的所有都删除。

状态不错，我预备明天还去满天星卖炒冰，还要上晁鸣的课！偏要硌硬他。

生意不太好，我端着下巴看旁边的李婶笑眯眯地端给同学蚵仔煎，有点羡慕。

"天气变冷了，小姜不考虑换个别的卖吗？"李婶向别的地方努嘴，"喏，那边卖手工雪糕的小伙子，到冬天就开始卖土耳其烤串咯。"

我不好意思地回答："冬天我就不卖了，回老家。"

这几天我想了很多，想过继续把之前的疯狂念头付诸实践。

我要报复晁鸣，让他为七年前不分青红皂白地践踏我的自尊付出代价，虽然我那点可怜的自尊也是他给的，我后来辍学也不是他直接导致的，但我就是心里不甘，想找一个人恨，想找一个人对此负责。

晁鸣的软肋是他妈，我比谁都了解他。

但是晁鸣的从容不迫让我犹豫，打蛇打七寸，我捏着他的七寸呀，他怎么还有力气翻上来咬我手腕呢？

我烦得不行，不知道下一步脚该踩在哪里。

张心巧来看我的时候与我说，这几天阿真总给她打电话抱怨，说病人太多，忙不过来。她自己也有小情绪，想问问我什么时候回临城。言语间都能听出对我"不务正业"的不解和微愠。我决定等到炒冰彻底卖不出去的那天就回临城待段日子，在这之前我要迫使自己想到报复晁鸣的对策。

有人在敲我面前的桌子。

"来杯提子的。"

我正要回：提子没了，放太久烂掉了，您换个味道吧。

"姜亮点。"

我抬起头，撞上他的眼睛。

"有时间吗？和你谈谈。"

这是整整七年来，晁鸣第一次和我好好说话。

"没提子了。现在还剩半个西瓜，呃，四个芒果，香蕉……我看看坏了没……"晁鸣的突然出现让正酝酿复仇计划的我语无伦次。

"那就不要了。"晁鸣仍站在那里没走。

我顿了下来。

"有时间吗？"

我没说话。

"聋了？"

"有时间。"我说。

晁鸣嘴角往上抬，露出笑意。但说实话，这笑很陌生，并不暖融融。

"你现在，"晁鸣顿了下，"还住在你爸家吗？"

"我租房子住，就在矿山大院那边，还有个菜市场。"我回答得很详细。

"哦，想在什么地方谈？"

"看你。"

我搓了搓手，晁鸣突如其来的讲道理与优雅把我打得猝不及防。

我没等他告诉我该去哪里，就试图找回主动权："你，主要想谈什么？"

"很多啊。高中的事情，现在的事情，你的生活，我的生活。"

他终于要摊开和我讲了吗，讲多年莫名其妙的冷漠，讲最后决裂的伤人话语。

"来我家吧，"我说，"我会做饭了，可以做顿饭给你。我们边吃边聊。"

不知是错觉还是别的什么，好像正中晁鸣的意。

"明天吧，今天我有事。"

我点头。

【1993】15

第二天早上我起得很早,没吃早饭就赶到教室,不知道晁鸣看见那封信后会做什么,我需要第一时间看到。

昨天晚上我最后一个离开锁门,然后把信放到晁鸣的桌屉里。

事情永永远远都不可能按照我的想法轨迹运转,永远。

不知道晁鸣是迟到还是请假,自从他走读,我对他的时间轴上好像突然多了一截子空白,这让我挺沮丧的,也很无力。

上午第三节课的时候晁鸣匆匆赶到,而后把书包随意塞进桌屉,信一定被压在里面了,我心痛地想。还剩下两节课,我暗暗祈祷他在放学后看到然后带回家,用我送他的钢笔回信给我,或者找我谈谈,什么都行。

我把一粒石子用力掷进湖里,然后坐在岸边等,没动静,想再掷一粒过去,发现周边只剩下把掌心压出红痕的青草。

万幸万幸。

晚上我一个人回宿舍,路过操场,远远望见乒乓球场后的围墙的那颗灯泡下站着个人影。我僵在原地,他冲我勾了两下手。

是晁鸣。

没有任何犹豫,我快步走过去,走到一半又嫌弃自己慢,改成跑了。

"你没回家。"我站定后开口。

"回了。"

我不敢与他相隔太近。

"这不又专程过来等你？"晁鸣补充。

他在逆光中，我只能看见他的两颗漆黑瞳仁，挺拔的鼻梁和唇下的一汪阴影。旁边高中生打闹说笑着回宿舍，连带着四周的蝉鸣一齐欢快，天幕流淌月光。

"我写的，"我小声说，"放到你那边，你看到了吗？"

"看到了。"晁鸣没什么表情，这让我心里很虚。

"看到了。"所以我只好跟着重复。

"你写的话，"晁鸣垂在身侧的手指弹动，"亲口和我讲一遍。"

这是祈使句，不是疑问句，晁鸣没在和我商量，而在要求我，我凭什么拒绝呢？

"晁鸣，我想和你继续做朋友。"

"哦，"晁鸣笑了，右眉挑起，顽劣的石榴裂开口，"凭什么？"

"……"我愣住了。

晁鸣的眼神突然变冷，如同刀刃般锐利，刺得我不禁一阵寒意。

"如果你要演戏，那至少演得像一点吧。"

他把一张纸甩到我面前，上面不是我的笔迹，但又是我的，是姜为民和许朵朵模仿我笔迹写下的纸条。他们前几天突然抽疯拿走我的作业本，还夸我的字好看，我甚至看见姜为民在本子上写我的名字，还学着我在"点"的最后一笔重重点一下。

我低头看着那张纸，果然是从我的本子上撕下来的。

晁挥哥哥：

  我知道这次的事情很让人难堪，但我实在走投无路了。父母的压力和眼下的困境让我倍感无助，如果可以的话，我想请求你能将欠款一笔勾销。只要你愿意放过我们，我愿意为此付出任何代价。

  我知道自己的请求过于唐突，但这对我来说是唯一的出路。我愿意为你做任何事情，只要能够帮助父母减轻负担。我真心希望你能考虑我的请求，给我和家人一次重新开始的机会。

  抱歉打扰了你，也希望你能够体谅我的苦衷。

姜亮点

我的脑海一片空白。

"这……是什么？"颤抖的声音从我的嗓子里挤出来。

回答我的是一声恶劣的冷笑。

"不是……我……"我仿佛回到目睹妈妈跳楼的那个时刻，瞪着眼睛张大嘴，却什么都说不出。

  "你真的以为我会看不出来？原来你接近我，只是为了让晁挥一笔勾销你们家的债务。"晁鸣冷笑着，声音里带着深深的嘲讽，"你跟我做朋友，竟然是为了这个。"

  我张了张嘴，想要解释什么，却被他冷酷的眼神堵在喉咙里。我终于鼓起勇气，轻声道："晁鸣，你听我解释，这不是——"

  "解释？"他打断我，眼中满是失望与愤怒，"我真是瞎了眼。"

  他转身就要走，我忍不住冲上前去抓住他的衣袖，声音颤抖："晁鸣，真的不是你想的那样，我从来没有过那种目的。"

  "放手！"他甩开我的手，眼里似乎闪过一丝伤痛，但很快被冷漠掩盖住，"从今天起，我们井水不犯河水。我也不想再见到你。"

  他头也不回地离去，只留我一人站在原地，望着他离去的背影，心中满是酸涩与无力。

  墙上有只金龟子在爬，缓慢地，想要接近最上头的灯，加入那些隐没在黄光下的油炸飞虫。晁鸣一指按在它身上，它挣扎两下坠落，消失在草丛里。

我慌了，慌得脑神经一根根崩断："别走，晁鸣，别走，听我解释行吗？"

"没什么好说的了姜亮点，"晁鸣抱臂，"我真是一眼都不想再看到你。"

他走得决绝，无论我怎么挽留都无济于事。最后的最后我拼命大喊："晁鸣——"

这时我们已经走到东校园的人工湖附近，我冲到他面前，疯狂拽掉挂在脖子上的穿着黑石头的吊坠，愤怒地说道："你送我的。"

我用力地甩开臂膀，把它丢进湖里。

晁鸣眉间微皱，对我吐出最后一个字："滚。"

……

怎么会这样呢？事情究竟是怎么一步一步发展成这样的呢？今天上午头两节课晁鸣没来，是因为看到了那封假的信吗？姜为民什么时候送给晁挥的？晁挥为什么要拿给晁鸣？我写的那封真的信晁鸣看到了吗？

人真的会失忆。我回想了很久——回到宿舍、脱衣服上床、闭上眼睛睁开眼睛、起床、去教学楼上课这几件事到底发没发生过。

我坐在课桌前默念《蜀道难》，"难于上青天"，晁鸣怎么没来。

从昨天晚上我身边就开始涨潮。我像被绑在木桩子上等待营救的人质，我东家没钱赎我，留我在这儿等死。现在快淹到鼻子了，我茫然地看着黑板，早读任务：背诵《蜀道难》。

"姜亮点。"有人喊我，我抬头，是班长。

"班主任找你，"班长指指后门，又小声提醒我，"他好像心情不大好，小心说话啊。"

我点点头正要过去，刘好递给我颗糖，还对我比了个加油的手势。走进办公室之前，我把糖丢进了嘴巴里，酸死，要吐出来却不敢。王老师坐在椅子上眉头紧皱，我只好抿嘴，酸水一溜溜儿往我喉头淌，我不太受得了这个，因为这并不是那种有甘甜回味的水果酸，纯酸。

我小步上前，班长说得没错，王老师心情不好，现在他脖子发红，能明显看到上面凸起血管。他有个搪瓷茶缸，杯身印着红日曙光，我顺着茶缸往下看，看到压在底部的熟悉纸张。

那封姜为民以我之名写给晁挥的信。

我真成了势利小人，被公之于众地审判。

王老师让我向晁鸣道歉，我腿脚发麻地看看他们，晁鸣一个字都没讲，一副受害者的高高在上的模样。

潮水终于漫过鼻子，淹没头顶。

我活不下去了，我还不如一死。

【2000】16

接到电话的时候,我刚把腌好的鲫鱼焖到锅子里,哦对——晁鸣给我留了他的电话号码。我洗过澡,发梢还挂着水珠,随便披了毛衫就出了门。

晁鸣背着个挎包,一身黑风衣站在路灯下。饭点没什么人,老式家属院不隔音,四下都是炒菜做饭的唰唰声。

他听到脚步声看过来,但没有动,仍在原地。

"嗨,"我站在离晁鸣不远不近的位置,"吃了吗?"

晁鸣一脸好笑地看着我,我才意识到自己说错话,难不成那盆鲫鱼给鬼做的?我尴尬地抿下嘴巴,咽了咽口水。

这时晁鸣向我来时的方向歪头,说:"走吧。"

我和他一起往回走,晁鸣突然不呛我,让我也突然不知道要和他讲什么才好。

"我做了鱼。""后来你去哪里了?"我们几乎同时开口。

"我不喜欢我爸,离开了。"我先回答。

晁鸣点头。

我心口发涩,继续说道:"有家饭店招打杂的学徒,我在那儿待过。"

"饭店在哪里?"

"好远好远,不记得了。再后来我还是决定参加高考,但是……考得一般,很多东西我都还没来得及学,然后又要干活……"我想给没能考进 T 大做一个完美恰当的解释，可越说越发现语无伦次，最后索性不说了。

"现在在做什么？"

晁鸣今天吃错药了吧？！我吃惊，但面上还是平静地回答问题："在临城开了家小诊所……我现在是牙医。"说罢我不好意思地看了眼晁鸣。

他目不斜视，侧脸棱角锋利，听我说完有所软化，转头盯着我的嘴说："张开嘴给我看看。"

虽然一头雾水，但我还是照着他的要求做。

"挺整齐的。"晁鸣笑，"你现在给别人拔牙会害怕吗？"

此时已经到家门口，我边掏钥匙边说："怎么会害怕，我可是医生！"

"哦，那你自己拔牙的时候还会害怕吗？"

我正开锁的手僵住，真奇怪，那次打着麻醉躺在手术椅上拔牙的感觉清晰再现。

"害怕。"这两个字我讲得很小声，楼道里有回音，"我仰视手术灯就害怕，还怕疼。"

我从鞋架上找拖鞋给晁鸣，新的，昨天刚买的。

厨房里响起高压锅的声音，我回过神急忙跑回厨房。掀锅盖的时候水蒸气烫了我的手，我边给指头吹气边哧哧地笑，尝了口鱼汤，很鲜，再炖会儿会更棒。这期间我打算再炒几个菜，反正材料都准备好了。

"我觉得鱼做得很成功，"我对客厅喊道，"可能和阿姨做得一样好。"

"什么？"晁鸣在外面应我。

"高中时你妈妈不总是来给你送鱼汤吗，你吃不完还和我一起吃。"

外面没说话，过了会儿回答："那是我家保姆做的，我妈不会做饭。"

我立刻尴尬地闭上嘴。

装盘完成,我两盘两盘地把饭菜端到餐桌上,才发现晁鸣不在客厅。

"晁鸣?"

很安静,我在围裙上随便抹了几下手,心里不安骤升。

我心跳加速,视线忍不住移向那扇我一直锁着的房门。好像有一股力量在牵引着我,不安逐渐扩散开来。明知道不能,明知道绝不能让他发现……但此刻,一切似乎都迟了。

我僵硬地走到房门口,手心微微出汗,推开门。

晁鸣的身影映入眼帘,他就站在那个房间的正中央,环顾四周,眼神复杂而陌生。他一动不动地注视着那一面墙,那面贴满他的照片,以及晁挥、姜为民一家三口的照片的墙。它们被收集在这里,在主人不知情的情况下,被羁押在这里。

我顿时屏住呼吸,浑身的血液仿佛凝固了,话却怎么也说不出口。

晁鸣缓缓转过身,眼神冰冷而嘲讽,像是从未认识我一般。他掏出手机,目光不带一丝温度地扫过我,拨通了一个号码。

与此同时,我的手机震动起来,屏幕上赫然显示着一串熟悉的号码——是 SS。

我愣愣地低头,看着屏幕,手指不自觉地收紧,几乎要失去力气。

森林静脉,音乐,兔子面具,照片,钢笔,要不要出来喝酒。

有人站在我身后,我扭头。

是晁鸣。

【1993】16

  我要离家出走。不是耍花架子、负气离开后睡桥洞拾垃圾，过几天苦日子受不住再悻悻回家，而是真真正正地去过没有家人的生活。

  为什么我这么说？因为我做过这样的事，好多遍。虽然我是个蛮好强的人，可我饿呀，我冷呀，最后总要回家，要听一句"你还知道回来"，要低头坐在饭桌旁默默咽饭菜。

  姜为民不在家，许朵朵以他的名义没收了我的呼机，说暂为保管，可我知道，是她想占为己有，现在正挂在腰间耀武扬威的。我不想去学校，也不想待在家。我边给许朵朵剪胶布边想，她在用指甲花染指甲，姜卓盖着小毯子在旁边玩剩下的凤仙。

  这样压抑而又仿佛无止境的生活仿佛细菌的培养皿，使我离开的欲望滋生。·

  失踪声明不必要。情书是为了分手，绝交信是为了和好，它们和失踪声明一样多此一举，才不要。应该挑个平凡天，不是节假日，当然也应该在姜为民不在家的时候。

  接着我趴在桌子前写我的必需物品，原以为我会写书、毯子之类的，可最后拢共只有两样：身份证和钱。我没多少钱了，之前的积蓄都用来给晁鸣买钢笔了。有个坏想法在我心里跳了跳，我在纸上写下"BP机 ="，等于多少钱呢？

  我预备把许朵朵手里的呼机抢回来。

  午后阳光明媚，我轻轻拍着姜卓的后背，确定他已经睡着了，尿布是新的，奶粉已冲好放在他枕头边。临走前我从姜为民口袋里顺走十元钱，穿了件好看的衣服，把身份证插入裤口袋里，然后沿着小路走，和路边熟悉的花花草草告别。许朵朵在发廊，街口往南第四家店，我看见彩带环绕的灯柱，深吸一口气跑过去。

许朵朵正给客人剃头，呼机别在她腰上。我就躲在门口灯柱后面，准备伺机下手。趁她给客人吹头，我立刻冲进去，精准地扯下呼机。

她开始尖叫，大喊抢劫。

这本来就是我的东西，瞎说。

是有人追我的，可我不知道当时的那股劲儿哪里来的，全身精力都给了两条腿。横闯马路的时候有车子擦着我的大腿过去，我没躲，就像是个疯子，心里觉得如果真能被车撞死也是上帝赐福、佛祖庇佑。

原来上城很大，凭借肉身短时间是走不完的。

我停止行走时，双腿犹如灌铅，上城进入墨绿色的浓稠夏夜，我就蹲在一棵树下休息。"没人追我了。"我喃喃自语，头顶好像有碗孟婆汤，谁在过桥，打翻了。

身份证还在、十元钱还在、手里紧紧攥着的呼机当然也还在。

我靠在树干上，喘了好一会儿气，呼机上显示现在已经是晚上八点半。夜晚很容易让人想起晚安。

我发了会儿呆，拨出电台号码——

"喂您好，工号078为您服务，请说传呼号码。"

"67280。"

"现在请您留言。"

"请帮我留言：祝你晚上做噩梦。"

"就这些？"

"就这些。"

等了些时间，可我还是没收到任何回复。

那天我倚在树下睡的,蚊虫凶狠,叮了我好几个包。我想起有次在青年宫北广场把校服包在晁鸣手臂上,记忆是点线面,所以我又想起来那道题的答案是正负二又三分之根号十五,我做错了。

第二天我找了家便宜诊所,用一块钱卸掉牙套。医生打开手术灯,"咣"的一下,我只感觉整个太阳压在自己脸上,我侧头看,空荡荡的。

这是我生命里意义非凡的一个夏天。空气稀释,西瓜破碎,无辜的蚂蚁被溺死于甜浆水,陈尸窨井盖。我的自尊与青春从衬衫领口和头发间溜出来,正要膨胀成朵快活的云彩,就被雨后彗星结实地砸个稀巴烂。只剩下牙科诊所的消毒水味、沉在湖底的黑石头、糟糕透顶的日子与糟糕透顶的姜亮点。

亮点篇

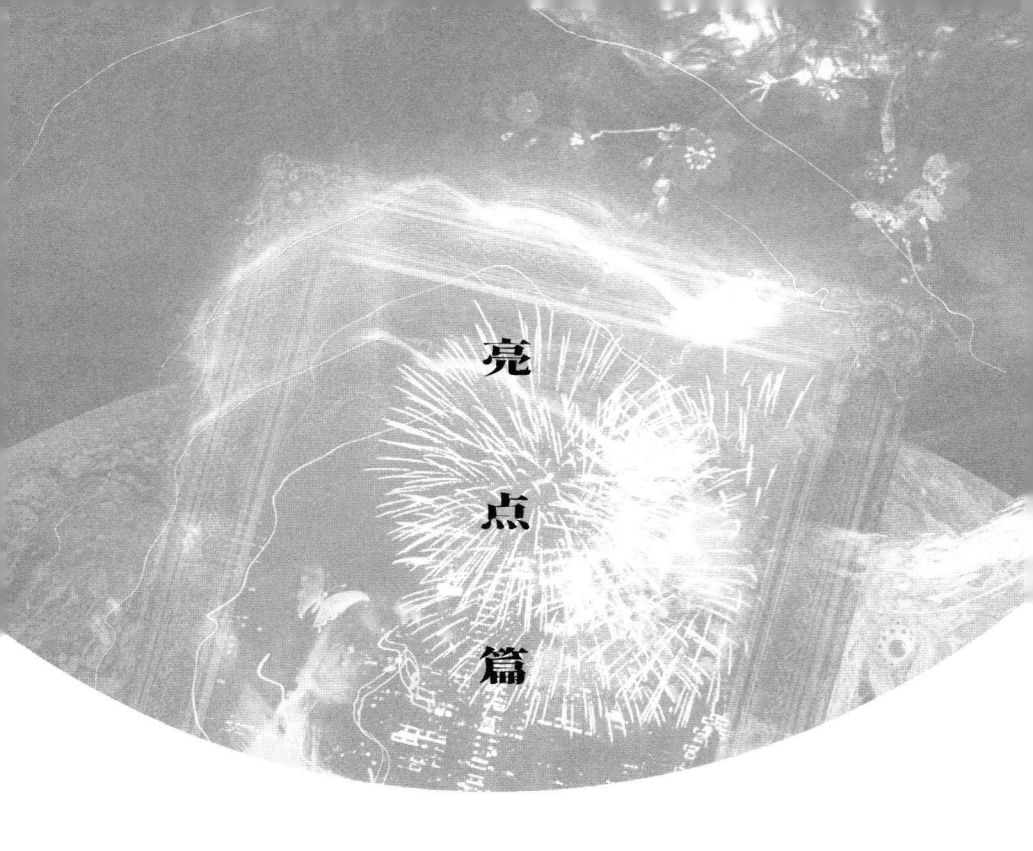

刚升起的太阳红彤彤，

温度刚好，

阳光溅在晁鸣和姜亮点的身上，

使他们看起来金光闪闪的。

01

　　刚才突然下雨了，雨丝穿过未合拢的窗隙扫进来，姜亮点说冷，晁鸣去把窗户关好。

　　姜亮点斜靠于床屏，额头包着块纱布。他眼睛有点大，垂下来不看别人的时候，眼尾就往太阳穴的方向翘，像只小猫。

　　"你什么时候让我走？"姜亮点终于抬头，看着眼前那张熟悉的脸。

　　"让你走，"晁鸣笑，"让你走了后好坏我名声？"

　　不欢而散……

　　秋雨有另一种说法是寒蝉，夏秋、秋冬交接，还能叫出微弱声音的蝉，在雨里垂死的蝉。窗户闭得很严实，可窗帘还未完全拉紧，姜亮点得以看到外面的一些湿漉漉的光景。他把目光放在厕所门上，接着在枕头上蹭了下。

　　他做的鱼汤，晁鸣还没喝。

　　那时候姜亮点转头看到晁鸣，打了一个幅度很大的冷战，两片瘦肩膀像刚从海里钓上来的鲽鱼。

　　"解释解释。"晁鸣说，声音不大。

　　姜亮点咽了下口水，眼睛不坚定地眨着，像在整理思路。从晁鸣的角度能看见他脸上细小的绒毛。

　　"你知道我回来要干什么吗？"姜亮点开口，第一个字跑了音，于是咳嗽两声。

　　晁鸣没说话，他不想回答。

"所以酒吧里的是你，你是老板，"姜亮点向内扣着肩膀，脖子崩得很紧，"你安排的。"他一瞬间想到施奥，甚至怀疑起施奥。

"那次倒不是，是巧合。"晁鸣笑了下，那次的确是意外收获。

姜亮点想起短信，在干坏事吗？通了，一切都说通了。他觉得自己愚蠢，像马戏团的猴子，被耍得团团转。

他有点愤恨了，往事涌起。人有时候为了保护自己会刻意淡化一些痛苦的经历，却时不时把被时间磨洗冲刷的美好拿出来欣赏、安慰、欺骗自己。姜亮点发现，再想起那件事已经没有从前那样苦，更像是站在上帝视角，胸腔一阵麻后会再恢复正常。但今天不一样了，面对给了他自尊又践踏他自尊的人，当年的一切又开始鲜活起来。

姜亮点的"阴谋诡计"，报复晁鸣是过程，结果却还想重新和他做朋友。他把姿态摆得最低，他不是真的恨，他只是想解开误会，让晁鸣愧疚，然后重新和他做朋友。

晁鸣皱眉，倚在桌子旁，睨着姜亮点。

"高中就小心翼翼，我从来没做过对不起你的事。"姜亮点接着说。

晁鸣开口："别说了。"

姜亮点没听他的："我就一个问题问你。"

姜亮点的眼前仿佛浮现出曾经的校园里，墙皮剥落，长出砖头纹理、青苔和一只往上爬的金龟子；学生笑闹，愉悦的脚步声，这是很久之前的夏日夜晚。

"这些年你有想过误会我了吗？"

晁鸣有一瞬间想要点头。但他不知如何释怀曾经的记忆。

晁鸣想起高二暑假里酒店房间里的姜亮点，想起哥哥呼机里的讯息，想起"姜亮点写给哥哥的信"以及哥哥把信转交给他时的表情。

"不。"于是他把这个字吐出口。

二十五岁的晁鸣擅长很多东西，有两样最为出众：数学和激怒姜

131

亮点。

几乎是话音刚落,姜亮点就向他扑了过来,小小个头,竟张手就要掐晁鸣的脖子。晁鸣反应极快,还没等他掐实,就把他甩到一边。

"疯了你!"晁鸣说。

姜亮点情绪太满,过于激动,说道:"你问都不问就给我判死刑!我偏要解释,我现在一字一句解释给你听。"

"我在临城过得好,我赚了很多钱,我买了房子。别人都以为我是个大度开朗的人。可我不是,晁鸣,我见不得你好。"姜亮点指了指显示屏,"还记得《魂断蓝桥》吗,我把它做成带子,也在你们学校投影播放。"

晁鸣顺着他手指的方向看,自己和哥哥争吵打斗的照片一张一张清晰地呈现出来,照片中自己的暴行一览无遗。

姜亮点嘴角带着若有似无的笑意:"你知道吗,晁鸣,这场游戏我玩得还挺开心的?"他的语气轻松,仿佛只是分享一个小秘密。

晁鸣沉默地看着他,脸上没有明显的情绪波动:"你知道后果会是什么吗?"他问。

"我当然知道,所以我才乐在其中啊。看看你们兄弟撕破脸,看看你家的公司声誉毁于一旦,不是很好玩吗?"

"你真是疯了。"

"求我啊,晁鸣。"姜亮点低声说,眼神中闪烁着残酷的嘲弄,"也许我心情好,能大发慈悲,放你们一马。"

两人对视,气氛凝重,晁鸣始终保持冷静,没有被姜亮点的挑衅所撼动,反而令姜亮点一时间无从下手。

"别人会怎么说你们呢?"姜亮点眨眼睛,像笑了又像没笑,"你妈妈会不会生气又失望呢?"

晁鸣眯眼,一只手掐上他的脖子。

手指开始收紧,姜亮点喘不上气。

他眼前的晃鸣开始模糊,碎成胶片质感。

他闭上眼睛,脖子上的紧缩感放缓。一阵手机铃声响起。

……

姜亮点喘息着,拿起旁边的枕头垫在脑袋后。他摸了摸颈部,有淤青,仍隐隐作痛。

02

从施奥打来电话打断了他掐住姜亮点脖子那天开始,晁鸣就变得好像很久以前姜亮点逃课去操场找黑石头的时候,那个双手插在口袋里、一身浑不懔的晁鸣。他挂了电话,把姜亮点拽出家,塞到车里。
"你带我去哪儿?"姜亮点狠狠地问。
晁鸣没作声,姜亮点的手机被扔在后座,丁零零地响着。
"晁鸣,我接下电话。"
晁鸣还是没作声,车速快,姜亮点不敢去够手机。铃声响起断掉,周而复始。
这段路很长,两边的路灯明亮。电话铃声仍旧锲而不舍地响着,刺耳,让人烦躁,如同割开空气的一把锯子。
晁鸣猛按了下喇叭,在路边急刹车,接着他上半身侧倾,把后座的手机拿过来。电话接通,晁鸣开着免提。
"施——"姜亮点还没说完,晁鸣对着电话开口:"别再打了。"
挂断电话后晁鸣并没有关机,而是直接打开窗户把手机扔了出去。旁边左转车道,车辆驶过,能听见很明显的碾压声。
姜亮点在反应过来晁鸣做了什么后大喊:"你疯了!"脸因为错愕而扭曲。
晁鸣闻言歪头冲姜亮点笑了,嘴角上提,眼睛却没有弯下。
车继续快速行驶,姜亮点气得连带腿脚缩在座椅上。前方是红灯,马路上有积水,遥远高处传来悦耳炮鸣,小小水洼一隅倒映出些许烟花的火屑。

"今天什么日子？"晁鸣问姜亮点。

姜亮点没好气地回答："不是什么日子。"

"还没到三十就放烟花。"

姜亮点愣了下，这句话很熟悉，他在很久很久以前一段很好的经历里听到过。记得那天是腊月二十八，晁鸣骑着摩托车，姜亮点坐在后面，姜亮点无家可归，回的是晁鸣家。

绿灯冒头，车子流动起来，晁鸣松刹车。

姜亮点曾经像只战战兢兢的小刺猬，只有在晁鸣面前才敢放松下来，于是他信任晁鸣，依赖晁鸣，小心翼翼同晁鸣说话，他把肚皮露出来，晁鸣往上面捅刀子他都心甘情愿，倘若晁鸣轻蔑他、侮辱他，他就缩成一团，长长尖刺对外。

他突然就不想置气了。在看到晁鸣把车停在鼎苑里后，他心里也没什么抗拒。他小步跟在晁鸣身侧，心情平稳，走进了晁鸣的家。

晁鸣拉开窗帘，说："接下来你就住在这里吧。"

确实比他的出租屋条件好了不是一星半点。

03

晁鸣开车的时候接到哥哥晁挥的电话，晁挥说从文玲下周三从日本回来，让他回家吃饭，他答应后便挂掉电话。车停在一家私人茶庄，晁鸣问了房间号后径直走入，他把车钥匙在桌上，对面前正在沏茶的施奥说："找我什么事？"

施奥倒了半盏茶，把茶壶放下，抬头看晁鸣，眼睛里的不快藏不住，要把晁鸣浑身上下盯透了才罢休。晁鸣坐到椅子上，也直直地看着施奥，剑拔弩张，最后还是施奥败下阵来。

"姜亮点呢？"他问道。

晁鸣手指敲两下桌子："不让你给他打电话，你就给我打电话。"

"姜亮点呢？他不在租的房子里。"施奥再问。

"在我家。"

听到回答后的施奥嘴巴张了张，没作声，把那半盏茶倒在金蟾蜍上。

施奥不明白姜亮点怎么会去晁鸣家，又为什么不接电话。他不知晓姜亮点的处境，是不是他的"报复计划"暴露了，所以不敢贸然问。

"你什么时候开始……不再误会他了？"

晁鸣眉尾小幅度动了下："我没有误会他，我相信自己的眼睛。"

施奥握紧拳头复松开："你真是一点都没变，晁鸣。"

姜亮点离家出走后就没再回去过学校，晁鸣也没联系过他。晁鸣的生活没什么变化，学习、打球，周末和朋友出门玩。施奥跟他爸出差，回来就约了晁鸣和姜亮点。

当然，他联系不上姜亮点。

他爸奖励他一辆车，他原本打算在结束回家的时候先送晁鸣再送姜亮点，可他却连姜亮点的面都没见上。

坐上车的时候，施奥问起姜亮点的下落："姜亮点呢？"

"不知道。"晁鸣打开车窗。

"发消息问下呗。"施奥不解。

"他退学了。"晁鸣把胳膊架在车窗框上，下半身坐直向前，头颈肩却略歪向窗外，看了一眼外面，才将头转向施奥，说道，"班上的人都知道了，姜亮点就是那种为了钱不择手段的人。他的离家出走，只不过是为了逃避而已。"

施奥微微皱眉，显得有些不安："姜亮点不是那样的人。"

"你看到的只是他愿意让你看到的。"

"我看你就是个傻子！"施奥指着晁鸣，"你的自以为把他毁了你知道吗？！"

晁鸣没作答，而是直接一把推倒施奥。施奥狼狈跌坐，晁鸣又拽上施奥的领口把他上半身掂起来："喊什么？你以为你了解他吗？他和我哥干那些交易的时候你在哪呢？"

"什么……"施奥怀疑自己耳朵被打坏了。

"只要遇见更有钱的人，他就毫无下限地讨好，希望能借此上位，跟他爸一样……"晁鸣松手推开施奥，"所以你也不必在这里为他打抱不平。"

晁鸣站起身，俯视施奥，眼睛里没什么波澜，黑色死水一般。

……

施奥滤掉茶叶，把斟好的茶碗推到晁鸣面前："你让我交给他的那包东西是什么？"

"他高中时送我的钢笔。"

"他打开的时候可不怎么开心。"施奥像是突然想起什么,"不对,这么多年过去你为什么还留着?"

茶面漾起细小波纹,晁鸣没喝,拿起车钥匙起身要离开。

"姜亮点挺好的,没别的事我就先回了。"

施奥没有阻拦,抿了口茶,才把嗓子眼儿里那颗将信将疑的心咽下去。

晁鸣最近在忙着留校任教的事宜。这件事他和母亲兄长沟通过,从文玲赞同,晁挥却有意见,他想让晁鸣来给他帮忙。文普集团旗下三家公司最近上市,这是他们的爸爸当年一手打拼下来的,晁挥当然要和弟弟好好守住。晁鸣则认为这两件事互不耽误。

他先去学校取文件,然后去常吃的店打包饭菜,又顺路买了些枣糕。这些天他回家的频率很高,毕竟家里还住着另一个人。热车的时候晁鸣收到女友罗宵子的短信,她说今天自己要和舍友通宵复习,因为专业考级和期末考挨在一起。晁鸣本就没想着她,敷衍回了两句。

家里很安静。晁鸣去厨房把饭菜倒到盘子里,又开了瓶酒。上楼时他也没有刻意收小声音,快要到卧室门口,里面传来窸窸窣窣的动静。

"晁鸣。"姜亮点试探性地喊。

"是你回来了吗晁鸣?"

晁鸣倒好酒就看到站得笔直的姜亮点,也不知道在干什么。他冲姜亮点举杯,轻声说话:"过来吃饭。"

"好。"

04

  酸枣糕，甜枣糕。

  姜亮点吃一口枣糕喝一口甜汤，他手边摆着晁鸣倒的酒，人头马XO。姜亮点并不想喝，只想把酒推得越远越好。

  "我妈下周回来，明天是我最后一节课。"晁鸣看姜亮点吞咽食物。

  姜亮点不明就里，静静等晁鸣继续说。

  "跟我学了一学期，学到什么了你？"

  "你教的我都学会了。"姜亮点如实回答，他本就聪明，也喜欢学习。

  晁鸣把姜亮点刚才推远的酒推回去，用眼神示意他喝掉。姜亮点好脾气地捧着酒杯，一下灌进去大半。

  "把这碗米饭吃光。"晁鸣看他似乎比上学时候更瘦了。

  姜亮点于是低头扒米饭，塞得满当当，腮帮一鼓一鼓。吃得太急，有饭粒粘在嘴角，晁鸣示意他捻掉。

  姜亮点停止咀嚼，眼睛眨巴两下，嘟囔道："你现在为什么对我这么好？"

  晁鸣惊讶，他不觉得自己对姜亮点好，明明是恶语相向、戏耍心态，姜亮点却挨了巴掌不嫌疼，吃颗蜜糖就泪眼汪汪。

  "而且你总是变来变去，一会儿对我很好，"姜亮点更像在喃喃自语，脑袋先往左歪后往右歪，"一会儿又对我很恶劣。"

  晁鸣神情复杂地看着姜亮点。

"你为什么不让我走?你害怕我。"

"我为什么害怕你?"

"因为我没有做错任何事,你误会我了。"

……

从文玲常常出差,她在日本有学术项目。家里事没什么好担心的,两个儿子都是人中之龙,大儿子顶梁柱,生意做得风生水起,小儿子成绩优异,考上名校,现在还准备接自己的班。

虽然她早年丧夫,但也没人就她是寡妇这件事说三道四,从文玲一直觉得是因为她的大儿子晁挥。晁挥年长晁鸣八岁,十几岁就开始帮助父亲打理公司。年纪不是问题,他很聪明,有手段,为人处世又老辣干练,所以在晁父意外死亡后能够定军心,统率大局。

不太让她省心的是小儿子晁鸣,这是个不稳定因素。从文玲由于当教师的缘故,很看重晁鸣的学业,晁鸣纵使成绩还不错,但在从文玲看来他小毛病不少,并且贪玩。高中时她甚至抓到晁鸣私下买了辆摩托,还跟一群狐朋狗友去飙车。但好在这颗不定时炸弹从没进入过倒计时。全靠晁挥管着。

从文玲到家的时候,两个儿子正坐在客厅说话,司机跟在她身后,手里拎着大包小包的行李。

"妈。"两人站起来,异口同声。

"我去洗个手换件衣服,"从文玲解开颈上系的丝巾交给保姆,"你们俩实在饿就先吃。"

从文玲背影款款婀娜,说她是三十岁的女人也有人信。

"妈是不是长白头发了?"晁鸣用胳膊肘撞晁挥。

晁挥若有所思:"一会儿给她找找然后拔了,长一根就要长一头。"

"她一头白发也好看,"晁鸣笑着和晁挥并肩走向餐厅,"老精灵。"

"你说她老,她一会儿收拾你。"

保姆烧了很多饭菜,三个人绝对吃不完,但吃饭嘛,吃是次要的,一家人聚在一起说话才是主要的。一家之主晁挥很看重这个,可能和父亲早逝有关。

虽是家宴,主人公也就妈妈和儿子们,可从文玲郑重地换上了条鱼尾半身裙,外面罩着件毛绒衫。她的头发高高盘起,肩膀平直,露出优雅脖颈。

"妈,"晁挥给从文玲夹菜,"又瘦了,多吃点儿。"

从文玲吃着盘子里的菜抿嘴笑:"小鸣,听你哥说你谈恋爱了?"

晁鸣闻言不着痕迹地瞪了晁挥一眼,前段时间晁挥问过他最近的恋爱状况。不好隐瞒,他如实回答:"嗯,谈了一个。"

"是咱们学校的吧,哪个院的啊?回头我跟人家系主任聊聊。"从文玲向晁鸣那边倾,笑眯眯的。

"外语系的。"可晁鸣实在不想多说。

"不会是那个最漂亮的吧,"从文玲对晁挥解释,"听刘主任说他们系有个大美女,我倒没见过。"

"我上次找小鸣的时候看见了,瘦高个儿,长得好。"晁挥补充。

"叫什么名字?"

晁鸣落筷:"罗宵子。"

"挺好的。以后你们一个文一个理,辅导孩子……"

"妈,"晁鸣打断从文玲,"你管我哥去吧,他多大了还没着落。"

"我也有了,有了。"晁挥摆手。

一旁的保姆帮腔:"太太真是好福气。"

她是晁家的老人,晁父还在的时候就已经在这里工作。在她眼里,晁先生的去世给太太造成了几近毁灭式的打击,他们夫妻感情一直和睦,如胶似漆,如果不是两个儿子,太太真的有可能去寻死。那时候从文玲也不哭，就披着小毯子坐在落地窗前，面无表情。有时候是晁挥给她捶腿按摩陪着她，有时候是晁鸣倚在她身边读在学校刚学习的课文。

"你老大不小了，改天带回家让妈看看。"

晁鸣见话题终于转移到晁挥那里才缓口气，他和罗宵子不知多少天没见面也没打过电话了，在晁鸣心里这和分手没什么区别。但现在从文玲知道了，又要耗一阵。

果不其然，饭菜剩余很多。晁鸣挑了几样让保姆装保鲜盒里，打算带回家。饭后从文玲坐在沙发上喝保姆刚煎好的药，她身体不太好。

"什么时候也没见过你这么省。"她见晁鸣提着打包好的饭菜打趣道。

晁鸣是要带回去给姜亮点吃的，他不好说什么，而是坐到从文玲旁边给她按摩肩膀。

"节省不好吗，你不是最讨厌铺张浪费？"晁鸣轻声道。

"一会儿得说你孙婶，做这么多，晚上又得吃剩菜。"

近距离看从文玲，她爱美，爱保养自己，可额头眼角依旧能看出岁月细纹。她真长白头发了，不是一根，晁鸣数了数，光他看见的就有十几根。

"下回少做点，咱们仨哪个都吃不多。"晁鸣应和从文玲。

从文玲闭上眼睛养神休息，过了一会儿开口："那年你爸和我在出租屋里，要筹投资的钱，一盘菜吃三顿。他和我保证以后不会再让我过这样的苦日子，要让我一顿饭桌上摆三十个菜，吃一口丢一口。可是真的买了房子车子，你爸照旧节省。"

晁鸣知道她又在扯老话，讲老故事，把她和死去丈夫的记忆掰开揉碎地从心里一点点吐出来。也许她怕不说，将来会忘记。

05

　　住在晁鸣家里也不错，姜亮点会在清晨比晁鸣醒得早些去刷牙，然后用冰箱里的蔬菜蛋肉烧饭。

　　晁鸣留校任教的手续准备得差不多了，他在校期间成绩优异，本科毕业后保研本校，妈妈又是学校资深的教授，一套流程走下来很快。也不知道是谁走漏风声，本专业的学生当然欢欣雀跃，其他专业的学生则企图旁听或者选修他的课。

　　入冬了，天气预报说最近有些地区是雨雪天气。上城没有，只是干冷，前几年上城雪灾，导致一辆火车脱轨，那之后就再没下过雪。

　　姜亮点的"复仇计划"暂搁了，管他误会不误会，都已经过去了，他们不是又成了好朋友吗？人就是你这样，一旦站在阳光下，被晒得暖融融的，就不想回到阴冷的地下室翻旧账。

　　姜亮点和晁鸣都没有提起多年前的事，他们之间好像笼着一层奇妙的平衡。然而姜亮点不想打破，却有人替他这么做。

　　他正在给卧室里的新鲜水仙花喷水，楼下传来开门声，姜亮点以为晁鸣要出门，兴冲冲地出去。晁鸣的确站在门口，但他对面还有一个人——罗宵子。

　　"终于考完了，"罗宵子一手扶着墙，半弯腰，熟练地更换鞋子，"作文我和丹竟然押对一半，主题类似，背的都能用上。"

　　晁鸣抱臂，没有让她进去的意思："你怎么来了？"

　　罗宵子没有察觉不对劲，她把外面的风衣脱下，露出里面穿着紧身毛衣的凹凸有致的身体，然后猛地扑到晁鸣怀里，双手架在他的肩膀上，笑嘻嘻地回答："好久不见，想你。听说你要留校了，怎么不和我讲？"

姜亮点立于楼梯口，看到这一幕后靠着栏杆缓缓蹲下，默默注视着他们。郎才女貌，侧面看去罗宵子的腰好像只有晁鸣大臂那样粗，她紧紧贴着他，精致的小脸微扬。

"这样我考研，还能去学校里找你问问题。"罗宵子踮起脚尖，想让自己的头和晁鸣的尽量靠近。

她不是主动的女生，作为被从小夸到大的"别人家的孩子"，话剧社名牌女一号，罗宵子拒绝过星探，参加过杂志封面拍摄，又怎么会屑于向男人献殷勤？但对晁鸣她乐于主动，矜持对她来说就是放屁。

因为仰着头，发梢落在她的细柳腰上。她扑得快，有点站不稳，晁鸣就扶了下她的腰，那些碎的发就又落在晁鸣的小臂上。

姜亮点尴尬地站起来，走回卧室。

楼下传来开关门的声响，姜亮点出去看了看，客厅已经没人了。

门还是反锁的。

姜亮点忽然就觉得有点不齿，晁鸣果然还是看不起自己，连和他的女朋友见个面打个招呼都不配，也是，在晁鸣心里，姜亮点以前是个为了钱不择手段的人，现在是满天星卖炒冰的，跟他不是一个世界的。

而且晁鸣不喜欢罗宵子，姜亮点看得出来，那晁鸣为什么还要把她当女朋友呢？混不吝的晁鸣难道怕伤了女孩的心？姜亮点不相信。那就只有一个可能，跟晁鸣的家里有关。晁鸣的妈妈和哥哥都希望他做一个"正确的、前途无量的"好青年，晁鸣从小就假装好孩子，他们希望他继续装下去，装着装着就成真的了。

姜亮点觉得更不齿了。

晁鸣答应和罗宵子出门吃饭,庆祝她度过双重考试大关。

"昨天找我们主任签名的时候她还问起你了,"罗宵子把麻酱上的笑脸调匀,又含了口筷尖,"说阿姨……从教授挺喜欢我的。"

"是吗?"晁鸣不咸不淡地应道。

罗宵子有点尴尬,晁鸣这些天电话里对她都挺冷淡,她原以为见了面会好些,没想到还是差不离。她是个大方姑娘,也不愿就这点事和男朋友发小脾气,于是装作没事人的样子伸手向服务员要了一盘小烧饼。

"诶,"罗宵子像是突然找到话题,"满天星那个卖炒冰的小老板好久没出摊了。我记得你还挺喜欢吃的。"

晁鸣这才起来点情绪,他把涮好的羊肉夹到罗宵子的碟上:"天气冷了,卖不出东西,回家去了吧。"

罗宵子美滋滋地吃掉羊肉片:"就是没和他要联系方式,不知道明年夏天他还来不来。"

"嗯。"晁鸣心里则完全没有惋惜,现在人都在他家里呢。

"感觉他好适合做朋友的,年纪好像跟我差不多大,"罗宵子想起什么,捂着嘴小声说,"有时候他的炒冰摊是个女生在管,像他女朋友。"

晁鸣见过那个女生,脸圆圆的,也清楚她不是姜亮点的女朋友。

"也许吧,你别成天瞎想。"

"你总去他那里吃炒冰?"罗宵子问。

"没有。"

"那就奇怪,他每次都还要问我吃什么,却记得你的喜好。"

罗宵子也就是随口一说,并没有放在心上。

饭后罗宵子提议今晚住晁鸣家,成年人,男女朋友,不言而喻。

"今晚不行,我帮我妈改学生的论文。"晁鸣却直接拒绝了。

"啊,这样啊!"罗宵子难掩失落。今天的约会晁鸣兴致不高,罗宵子能看出来，也只当他心情不好。

晁鸣回到家的时候家里亮着灯，每一间能打开的屋子都亮着灯。

他冲着空荡荡的屋子喊："姜亮点？"

没人回应。

晁鸣第一反应不是姜亮点走了，而是家里进了贼之类的。卧室整洁，窗户却开着，风把水仙花吹散了，花瓣落了一地。厕所门紧闭着，被反锁了，晁鸣打不开。

"姜亮点，开门。"晁鸣敲了两下门。

仍旧没人回应。

"姜亮点。"他又叫了一声。

没人回应。

晁鸣去储物间拿了备用钥匙。

门打开，里面空无一人。

晁鸣眯下眼睛。

他去书房调监控。监控显示在他和罗宵子出门后姜亮点下来过，贴在门上听了会儿，接着坐到沙发上发呆。不出五分钟，他开始拆沙发上靠枕的罩，把冰箱里剩下的半瓶酒倒进门旁边的植物里。又过了一会儿，他像在找什么东西，在摄像头附近摸索，直到他摸了两下摄像头，才停止，把身体摆正。最后，他冲摄像头比了下中指。

……

06

　　车窗外夜色很重,施奥开车超过一辆又一辆载货重卡,他在往临城赶。最近施奥忙着和医政科打交道,因为姜亮点的诊所要扩建成私人牙科医院,很多手续要补,而阿真现在只联系得上自己。

　　就在这时候电话响起,施奥看到是串陌生号码后直接挂掉,这是他的私人号,没多少人知道的。没承想这号码追着他不放,一连又打了好几个。

　　他不耐烦地接通,放在耳边没说话。

　　"奥哥,是你吗?"人的声音经过无线电波往往变得很奇怪,"我是姜亮点。"

　　施奥的脚不小心踩到刹车,惯性推着他向前,使他的胳膊肘撞到喇叭,车辆发出刺耳的鸣声。

　　"你在开车?"姜亮点问。

　　"你不是……在晁鸣那儿吗?"姜亮点的声音很小,连带着施奥的声音也小了起来。

　　"先不说这个,哥,你在哪儿呢?"

　　"高速上。"

　　"你出差了?"

　　"没有,阿真找我有事,是有关诊所的事儿。"施奥把车靠边停下,他可不想因为晁鸣和姜亮点的破事儿被后面行驶的卡车不小心碾得粉碎。

姜亮点沉默。

"晁鸣呢？"施奥听对面不说话，主动问道。

"我从他家离开了。刚才我回公寓拿东西，房租过期，身份证件也都不在，房东说你给收拾走了。哥，我想坐明天早上的城际大巴离开上城，可我现在一分钱都没有。"

施奥简直一头雾水，姜亮点说的每个字他都懂，句与句之间也都存在逻辑，可是摆在一起他却不太明白。

电话里说不成事，施奥想了会儿，说："你现在在哪？我到下个收费站就拐回去接你。"

"好。"姜亮点应他。

施奥停在姜亮点说的那家大排档门口，附近有个电话亭，年久失修，蓝色挡板斑驳不堪。姜亮点就蹲倚在里面，抱着腿，身体就像把折叠小刀，最滑稽的是脚上穿着双明显大很多的拖鞋。他走过去，轻轻推姜亮点的头，姜亮点竟就摇摇欲坠似的要倒下，施奥连忙扶了把。

"啊，"姜亮点抬头，睁开眼，"哥你来了。"

他的模样实在可怜。施奥找不到词来形容这位他的多年朋友，有时候他偏执得让自己不敢靠近，可大多数时候他是现在这样，蹲在地上，仰头看自己，一双眼睛懵懂无辜，很难对他发脾气。

"说说怎么回事吧。"施奥坐在电话亭下的石阶上，和姜亮点视线持平。

姜亮点定定地看了施奥会儿，施奥知道这不是给自己的，因为他的焦点很快移到他们之间的一个虚无之处。他陷入了某种回忆，某种隐秘却又显而易见的回忆。施奥感觉姜亮点心情不好，他整张面部线条向下，眼睛也像要溢出水来。

但令施奥猝不及防的是，姜亮点突然腼腆地勾嘴角，他在自己带的包里翻翻找找，紧接着拿出一沓被报纸和塑料袋裹得严密的物品，又一张张剥开。

他取出其中一张递给施奥,微微一笑:"晁鸣和晁挥那场好戏的备份,我留着一份备用。"

施奥愣了一下,注视着姜亮点手里的照片,迟疑地接过,心中不安逐渐升起。

"你打算用它们做什么?"施奥问道,语气里带着些许焦虑。

姜亮点笑了笑:"晁鸣完蛋了。"他的声音冷静而低沉,"我想好了,过去的事还是要有个了结。"

……

"临城才是我的家,"姜亮点紧紧抱着他的包,边玩安全带边说,"在这儿我总战战兢兢的。"

"把安全带系好。"施奥提醒。

"哦。"

"你回去准备怎么办?"姜亮点很珍惜地将那沓照片拿出来,排列组合,说:"把它们印成一张大海报,"姜亮点比画了一下,"这么大。"

"要让所有的人都看到。哦对,还有晁鸣家的公司。"

姜亮点把车窗打开,夜晚冷风刺骨,可他不在乎。

"你喝酒了?"施奥冷不丁地蹦出这样一句。

"我清醒得很。"

"这玩意儿你不是早拍了吗,怎么现在才想着放?"施奥简直头疼,他早就知道姜亮点的计划,他看着姜亮点也并不是为了帮他,是怕他乱来。一个姜亮点,一个晁鸣,施奥都搞不定。

"我去报复他,或许也是解救他。"姜亮点吹着冷风,不想多说。

"哥,我想抽根烟。"

施奥只好从车门内侧拿出包烟,递给姜亮点。入肺很辣,施奥的烟有点像他闻到的姜为民的烟。

"心巧回去了吧?"

"早回去了,天天念叨你。"

"那就成。"

"这几个月病人挺多,"施奥被姜亮点举着不吸的烟呛得咳嗽几声,"但你一台手术也没做。"

"嗯,现在该手生了。"姜亮点握下双手。

"不问问阿真找我什么事?"

"什么事?"姜亮点侧头,"你说。"

"记得诊所旁边那家饭馆不,就是你说他们家包子特别好吃的那家,倒了。阿真想扩建,把诊所转成医院。"

施奥说罢想看看姜亮点的反应。他知道姜亮点一直很宝贝他的这家小诊所。刚大学毕业那会儿姜亮点来找自己借钱,说那些宏伟蓝图的时候施奥就盯着他那双神气的眼睛看,看到了他瞳孔里跳跃的小星星。

"是吗?"姜亮点却又把头转回去了,下巴微敛,眼睫低垂,脸都隐没在黑暗里,外面照进来的浅薄月光也打不亮。

施奥不再看他,开始专注开车。

姜亮点靠着车座上的小枕头,闭上眼。风,其他车子呼啸而过,收费站前有三道减速带,他被颠了三下。

"点点。"

姜亮点被晃醒。

"到了,"施奥和他一起把目光递向窗外,"欢迎回家。"

07

  回诊所路上姜亮点买了些丑橘，打算分给大家吃。所里除去阿真和张心巧，还有一名牙科医生和两个小护士，都是姜亮点离开的时候施奥和阿真招来的，姜亮点不熟，不过说了几句话发现很好相处。

  今天人不多，阿真正在给一个患干槽症的急诊病人治疗，张心巧打副手，两个小护士坐在挂号处聊天。

  "聊什么呢？"姜亮点一人递给一只橘子，"尝尝。"

  "谢谢学长！"俩小姑娘甜甜地应道，她们都是临城医学院今年的应届毕业生，姜亮点和阿真的学妹，"巧了，我们正说到你呢。"其中一个姑娘继续道。

  姜亮点自己也剥了只吃，丑橘果肉颗粒大，汁多且甜，尤其适合这种冬日下午咀嚼一瓣慢慢品味。

  "说我什么？"姜亮点搬了板凳坐到她们旁边。

  "今天上午来了个……"那名姑娘开口，又笑着把话递给同伴。"男的，长得蛮帅，找你哦。"另一名接着说，她翻出簿子，将信息指给姜亮点看，"他想预约拔智齿。"

  "当时阿真学长和赵医生都有空，他却指名道姓要你做。"

  "我们都说啦，说学长好久不做，也讲了我们另外两位医生医术高超，让他不用担心。"

  "他说就要你做。"

  "我就给写下来了，学长你看看是不是熟人，这还有电话。"

两人一句句接着地说。

五列格，时间，姓名，预约项目，电话号码以及签名。前面都是小护士写的，字体圆滚滚，直到最后一格，晁鸣，有前面字号的两倍，字形狂，"鸣"的钩儿还刺破纸张。

姜亮点摸了摸那两个字，抬头展颜，道："熟，太熟了。"

离开诊所，姜亮点火速找了家偏僻宾馆。之前的家是他一个人住，他暂时还不想见晁鸣。他打电话给施奥解释前因后果，但是没有提及宾馆的住址。

"诊所还去吗？"施奥问。

"去。"姜亮点回答得毫不犹豫。

"你不怕他犯浑……"施奥没说完就被打断。

"他不会。"姜亮点依旧笃定，"光天化日的，他还要好好扮演他的好儿子好学生好男友呢，又怎么会和我这种人扯上瓜葛？"

他还要好好裹着那层皮，时间久了怕是想脱都脱不下来了。

"哥，今天我去了几家影楼，没人愿意帮我做。说什么打架斗殴的事不能宣扬。"姜亮点吐苦水。

施奥反应了一会儿才意识到姜亮点说的是照片那事，他按按眉心，心想这还没解决呢。

"你有办法没？"姜亮点追问。

"把照片给我吧，我有认识的人。"这话不假，施奥在上城的确认识开影楼的，扫描洗印不是问题。可他没真想这么做，反正现在照片只有一份，到他手里还不是想拖多久就拖多久。

他不是要护着晁鸣，而是实在觉得姜亮点已经因为晁鸣被"毁"了一次，现在他的生活正常富足，有稳定的工作和收入，也有固定的朋友，又做什么要再因为晁鸣而天翻地覆？

姜亮点是完全信任施奥的，即使这样，他还留着几张不怎么满意可又不忍心丢掉的照片。

施奥下午来到诊所拿照片,这是姜亮点提议的,姜亮点认为最危险的地方就是最安全的地方,更何况在诊所,他就是老大。

施奥一直没有仔细看过那些照片,现在他拿在手里翻着,啧,还挺精彩。施奥把照片收好,拿了个袋子给姜亮点:"从你出租屋里收拾出来的,还给你。"

姜亮点打开,是那支被摔断头的钢笔。

"如果不小心把笔尖刺到皮肤里,那儿就会永久存在一颗'痣'。"姜亮点举起钢笔,"可是现在这支笔再也出不了墨水了。"

……

晁鸣再次走进姜亮点的诊所是晚上七点二十左右。他下午接到电话,通知他姜医生可以做。

姜医生,晁鸣觉得这三个字有够好笑,他记忆里姜亮点还是那个躺在牙椅上说"晁鸣,我是真怕"的胆小高中生。

挂号处只有一个小护士在支着脑袋看书,看见晁鸣后站起来打了招呼:"来啦。"

晁鸣认识她,她是姜亮点炒冰摊的那个姑娘,罗宵子还怀疑她是姜亮点的女朋友。

张心巧领着晁鸣去治疗室,推开门:"姜医生在里面。"

姜亮点穿着白大褂,整张脸藏在口罩下,只露出一双眼睛。他正在用针管吸麻醉剂,侧对着晁鸣,让晁鸣能看见他头发末端、脖子后的那个小小的尾巴尖。

"要我帮忙吗?"张心巧问。

"不用了,你去看看隔壁赵医生吧。"

张心巧关上门,病室里只剩下晁鸣和姜亮点。

晁鸣把外套脱下挂在架子上,向姜亮点走去。姜亮点装模作样地收拾好器具,然后把口罩扒到下巴处,冲晃鸣咧开嘴巴:"好久不见。"

"不久吧。"晃鸣坐到牙椅上,这样就比站着的姜亮点矮了些,他也没有仰头,而是盯着姜亮点的白大褂看。

"好,不久。"姜亮点咽了口吐沫。

晃鸣在椅子上躺好,他长手长脚的,看上去总觉得憋屈。

"我以前有四颗智齿,现在已经拔了三颗了,"姜亮点把口罩戴好,打开手术灯,"还剩下一颗为什么不拔呢,因为它从长出来到现在只疼过一次。我就没想着拔了。"

姜亮点递给晃鸣一杯水:"漱漱口。"

晃鸣把水吐在旁边的水槽里,又躺好。躺着的晃鸣显得十分温柔,额前碎发零散铺陈开,扫到眉毛上,眼睛里映着手术灯的白光。刚刚含过水,嘴唇罩着些光泽。

"想拔掉的是哪一颗?"

"左边上面的。"晃鸣说。

"平常疼吗?"

"不疼。"

"哦,"姜医生发出指令,"张开嘴。"

08

　　晁鸣静静地看着他，没有动。
　　姜亮点见他不配合，又拿了麻醉针："还拔牙吗？拔的话需要打麻药。"
　　"为什么离开？"晁鸣猝不及防地开口。
　　"我又不是犯人，想走就走了。"
　　姜亮点说完感觉鼻子痒，扒开口罩用手背压。
　　空气再次陷入安静，两人各怀鬼胎，却都没说话。
　　"我很不喜欢，"晁鸣突然起身，一下把姜亮点重重摔到牙椅上，接着居高临下地说，"我很不喜欢你突然消失，就像七年前那样，你竟然又来了一次。"
　　姜亮点被摔蒙了，趴在那里瞪着俩大眼睛。
　　"你老是干这种事，不是吗，点点。"
　　喜怒无常，阴晴不定，晁鸣的脾气倒是见长。可是姜亮点觉得自己并没有做错什么，也不欠谁的，七年前他是无家可归，这次他只是回了自己的小窝。
　　"你凭什么这么对我？"姜亮点问道。
　　"你自己不清楚吗！"晁鸣面孔冰冷。
　　姜亮点刚要反驳，门被敲响。
　　张心巧送走赵医生，想来问问姜亮点这边的情况，她推开门："赵医生要下班啦，姜医生你还需要……"她愣住了，由于现在这个患者站着而医生躺着的场面,"还,还需要我帮忙吗……"

姜亮点见状一骨碌从椅子上翻下来,晁鸣也收回顶在椅沿的腿。

"要下班回家了?"姜亮点忙问。

"如果,姜医生没什么事的话,"张心巧慌里慌张地从口袋里掏手表,又把它展示给面前这对奇怪的医患看,"该下班了。"

过了一会儿,晁鸣被"赶"出诊所。他站在门口看姜亮点蹲着给拉下来的铁门上锁,一旁的小护士掂着姜亮点的包,冷得直跺脚。

"你回吧,"姜亮点对晁鸣说,他从张心巧手里接过自己的包,又把人家的包顺手接了过来,"我送她回家,这么晚女孩子一个人不安全。"

"你们小医院里的医生还得晚上送护士回家?"晁鸣开口。

姜亮点没理睬他的冷嘲热讽,拉着张心巧的胳膊就要走。晁鸣轻轻跺了下脚,转身,朝相反的方向离开。

张心巧不明所以,迈着小碎步跟在姜亮点身边:"诶哥,哥,停——"

姜亮点站住,疑惑的眼神看向张心巧。

"我骑自行车来的,车停在那边。"说罢她指指不远处的一个小型车棚,"而且车没后座。"又补充。

张心巧边开车锁边回想在治疗室看见的一幕,那个"病人"她有些眼熟。前段时间陪姜亮点去上城开什么鬼炒冰摊,姜亮点忙的时候她去帮着打理,有时候就能看见这个人的女朋友挽着他来买炒冰。

她把小挎包放到车篮里,开始往家骑。

因为有施奥的帮助,姜亮点的诊所其实开在临城靠近中心、比较繁华的地带。周遭既有新建的大厦,也有不少小区和家属院。张心巧在小摊上买了两斤丑橘,下午的时候吃了颗姜亮点买的,甜得很。然后她悠悠转转地骑进了前往出租屋的那条胡同。就在她马上要出胡同口的时候,前面传来声喇叭响,还有强烈的光。

张心巧下意识地刹车挡脸,过了几秒钟没反应,她小心翼翼地睁开眼睛,一辆黑色的轿车正对着她停在前面。

往后看,没人,张心巧慌忙扭转车身要走。

这阵仗太危险,她后悔没有让姜亮点送她回来了。

喇叭又响一声,张心巧更加手忙脚乱,兴许太过慌张,蹬的力度大,车子歪斜倾倒。还没骑出去几米,一只手搭在了张心巧的肩膀上。

"啊——"她吓得尖叫,捂耳朵,牢牢闭着眼睛。

手的主人往后退了两步,与此同时,张心巧听见一道略沉的男声:"你好,不好意思吓到你了。"

张心巧战战兢兢回头,与她脑海里演绎的不同,面前既不是龇牙咧嘴的街头混混,也不是穷凶极恶的黑帮老大,而是一名西装外披偏长风衣的男人。她虽然不懂牌子,也能看出来那是名贵货。可能刚结束应酬,男人侧鬓抹了些发胶,仍有些许发丝散逃出来。衣冠楚楚,长相,张心巧能从他和姜亮点今天那个"朋友"的眉眼间找出相似点。

无论如何,张心巧悬着的心落地,她向来相信相由心生,这位应该没有恶意。

"还……还好啦。"她回答。

"有点突兀,抱歉。"男人说,还帮张心巧扶了下车子。

张心巧稍微害羞,她没来由地不喜欢姜亮点的朋友,却讨厌不起面前这位与他略相像的男人。她摇摇头,将身体摆正:"有什么事吗?"

"你是牙科诊所的护士?"男人指指自己胸口,眼睛却盯着张心巧胸上别的工牌。

"啊,"张心巧顺着男人的目光看到工牌的位置,不好意思地捂了下,"是,没错。"

"方便问下你们的老板姓什么吗?"

男人微笑着开口,他彬彬有礼、气质出众,谈吐自然礼貌。张心巧回答"姓姜"。

他于是了然,取出名片交给张心巧:"有空去你们那儿检查检查牙齿,这是我的名片。"

张心巧受宠若惊,拿着名片直愣愣地和男人说再见。等车开走后她才翻开名片看。

——晁挥,她记得预约簿子上写的姜亮点朋友的名字是晁鸣。

09

晃挥坐回车里，命令司机开车。他脸上儒雅的笑容一点点凝固、破碎，直到恢复令人惊惧的冷面。拨通号码，晃挥对着电话质问："我让你看着小鸣，你看到哪儿去了？"

电话那头应该是喝醉了，嘟嘟囔囔的叫人听不清。

晃挥很重地"啧"了一声，挂掉电话。司机通过后视镜观察老板，明眼人都看得出来老板现在心情不好，于是他默不作声地降速，让车子更加平稳些。

临城不比上城，这里商业大厦少且聚集，稍离市中心远些就颇显静谧。晃挥碰到晃鸣纯属意外，他原以为晃鸣在鼎苑，因为平常晃鸣的行程都有卢宋报备。卢宋，晃挥想起这个跟了自己快八年的保镖，因为一场意外受伤，一双手臂皆不能提重物。也从那之后卢宋开始一蹶不振，酒瓶子不离手。晃鸣上了大学后越来越管不住，而晃挥整天忙着公司的事，就让卢宋"照顾"晃鸣。谁知卢宋之前当保镖的时候干活利索，管晃鸣却半吊子，因此晃挥有些不放心。

电话在手里打了个转，晃挥打开通讯录，找到个号码拨过去。

嘟——嘟，响好几声，就在晃挥快要失去耐心的时候被接通，一道清亮的女声立刻传了过来："喂挥哥，你找我？"

罗宵子看到来电后立刻冲到卫生间，她正在酒吧和朋友玩，一会儿凌晨要蹦迪。即使她已经捂住耳朵放大声音，酒吧的背景音乐仍旧震耳欲聋，晃挥嫌弃地把电话拉远。罗宵子听不到回应，又"喂"了几声。

"在呢,别喊了。"晁挥调小音量后说。

"跟几个朋友出来玩儿,"罗宵子边解释边蹲在了地上,"你找我啊?"

"少去这种地方。"

"嗯,"罗宵子轻飘飘地应着,"有什么事吗?"

晁挥沉默了会儿,接着开口:"你和小鸣感情还好吗?"

罗宵子没料到晁挥上来就问这种问题,十分难堪,首先要像考试一样回答恋爱问题,其次她实在不想承认自己魅力有限,晁鸣最近几乎没有主动找过她。

"打过几通电话,发过几次短信。"她给出折中的假答案,真正的答案是一次电话没打过、一则短信没发过,"还约了年前去香港,暖和嘛,反正我也已经考完试,就等他身边事情处理完了。"又是谎话。

"挺好的,"晁挥闻言终于放柔语气,唇角勾出一种朦胧的笑意,"我妈很喜欢你。"

"是吗?"电话这头的罗宵子也笑了,"那就好,那就好,我继续保持啰。"

"最近有什么想买的东西吗?鞋子、包什么的,送你。"

"有啊,但不用你送,我买得起。"

挂了电话后,罗宵子对着空荡荡的厕所挡门发了阵子呆,然后深吸口气,拢拢头发,又满面笑容地走进热闹的舞池。

……

下雪时天会变暖,把手放进雪里也觉得暖。姜亮点还是小孩子的时候捧着一把雪问妈妈,为什么手心会是热乎乎的,妈妈说因为雪花好凉,你的大脑要保护你,所以让手部的血液流得更快,以带给你热。

临城这几天飘了些雪片,很小,落在地上就化,加上玻璃内壁的哈气,从屋内向外望去雾蒙蒙的。

姜亮点坐在诊所橱窗后的小椅子上，抱着保温杯喝茶，刚刚收到施奥发来的短信，说照片海报已经在加快印制。

由于姜亮点不断催促，施奥拖也拖不得，只能让上城影楼的朋友扫描并且打印照片。施奥的朋友交际圈较广，他的朋友认出照片男主角是文普集团的二位公子，还以为施奥是因为商业竞争而预谋制造黑料，施奥解释了半天才算完事。

姜亮点回复完短信后搓了搓大腿，他有点怕冷。这时旁边有人递来一叠毯子，是张心巧。她提了热水壶给姜亮点快要见底的保温杯蓄满，然后坐在他对面。

在张心巧心里，姜亮点是她的恩人，她是技校毕业，长相平平嘴还笨，找工作屡屡碰壁，高中毕业后干脆听家里的去服饰城开个小店，可进的衣服都没人买。后来因为姜亮点重拾技校学的东西，工作生活才渐渐稳定下来。

"下雪了。"姜亮点没看张心巧，脸还是朝着窗外。

"昨天晚上就下了，我还以为能积着。"

姜亮点也就大张心巧几岁，有时候在张心巧面前表现得却像是个"老男人"。张心巧觉得这都不是他，那天躺在牙椅上惊慌失措的才是他。

"前段时间咱们去上城，"张心巧小心翼翼地打量姜亮点的神色，"哥你是不是和他有什么仇怨啊？"

"嗯？"姜亮点回神。

"他，晁鸣。"张心巧原先不认识这个姓，去翻了翻字典才晓得读音。

"什么玩意儿？"姜亮点抿嘴，既没点头也没摇头。

"听奥哥说，哥你高中在上城上的。"

"嗯，上到高三就退学了。"

张心巧惊讶，退学还怎么参加高考？即使临城医学院是个普通一本，那也是她无论如何都考不上的。

"我能问问……为什么退学吗？"

姜亮点深吸口气，学着晁鸣的样子把很重要的事情倒垃圾一样讲出来，语气满不在乎："因为你刚才说的那个和我有仇怨的人啊，晁鸣。不，其实也不完全因为他，也因为我自己，因为老师，因为我爸和后妈。"但归根结底还是因为他。

"哦……"张心巧很想继续问下去，可觉得这样实在没礼貌。姜亮点刚刚谈起晁鸣时猛然跃高的情绪马上就像被冷水浇灭似的，她不忍心问了。

"我们以前是很好的朋友，后来我不想和他做朋友了，他也不想和我做朋友了。但是……"姜亮点正要继续解释，窗户传来噔噔噔三声响。

外面有个模糊的人影，姜亮点用手擦了擦哈气。

晁挥友好地冲玻璃那边的姜亮点摆两下手，看着他一点一点睁大双眼，然后露出极具善意的笑容。

七年，姜亮点长大了。隔着覆盖水雾的厚玻璃，他眼神明亮，穿着白大褂，里面是件灰色高领毛衣，胸口袋子插着一根蓝色圆珠笔。

10

"来临城出差,在附近看见熟人,还事先问过这位小姐,"晁挥从张心巧手里接过茶水,"谢谢。没想到真的是你。"

"原来哥还记得我啊。"姜亮点心虚,自己暗地里做的事……晁鸣活该,可是说实话,晁挥对他一直很好,而且姜为民还欠人家的。虽然姜亮点的离家出走和辍学,和姜为民冒充他给晁挥写信脱不开关系,但晁挥这个大 BOSS 又有什么错呢?

"怎么不记得?你来我家住过一阵子。"

"是。"

"后来没再见过你,"晁挥问,"现在还和小鸣联系吗?"他不动声色地打量姜亮点,微微笑着。只见姜亮点躲开自己的视线,胸口不明显地起伏了两下,但这几乎只是一瞬间的事,接着就恢复了正常。

不知怎,姜亮点直觉晁挥比晁鸣更加难对付,如果被他知道自己印制照片海报……现在一切没有落定,他不敢贸然打草惊蛇。

"有联系,但不多。"

"后来去哪里上学了?晁鸣也没和我说起过你。"

姜亮点绞紧手指:"考到临城医学院,我,我高三就不在一中上学了。"

"哦,怪不得。"

这件事晁挥是知道的,他只是没料到姜亮点会直接退学,但他清楚这事肯定与弟弟晁鸣脱不了干系,准确地说,是跟自己把那封姜为民给他的信转交给晁鸣脱不了关系。他一眼就看出，那封信不是姜亮点写的，他不认识姜亮点的笔迹，但他懂得人性。把信转交给晁鸣，也是让他领略一下社会现实。

"哥，晁鸣最近干什么呢？"姜亮点说谎话的技术不错。

"他啊，"晁挥展现出近乎慈爱的笑容，"今年研究生毕业，都带女朋友回家谈婚事了。"

"你和他差不多大吧，怎么，有女朋友了吗？"他继续问。

姜亮点难堪地摇摇头。

"刚刚那个小姑娘就不错……"

"哥，"姜亮点站起来，打断晁挥，"下午有台手术，我得去里面躺着眯会儿。"一口气堵在胸口怎么都出不来。

晁挥看眼腕上的手表，说："不到十二点，还没吃饭呢，请你吃顿饭吧。"

姜亮点闻言也觉得自己表现得实在不对劲，他重新坐下，理了理领口，对面的毕竟是晁鸣的亲人。"也好。"他回答。

离开诊所的时候还在下雪。地面上积着一摊又一摊的水，雪花落地无论如何都会消失，却时不时顽固地停留在行人的头顶和肩膀。晁挥的司机赶来为他打伞，然而晁挥接过伞后摆手让司机离开，接着，他打上伞，伞檐向姜亮点倾斜。

"雪不大啊。"姜亮点觉得有些夸张。

"雪是不大，"晁挥不着痕迹地把伞檐又倾斜一点，"可雪很脏。"

脏吗？姜亮点伸手接了些，冰凉的，莹白的，它们刚出生的时候很干净吧，可又从万米高空掉下来。

后背脊梁像是被人撒了一把这样的雪，随熟悉的眼神渐渐融化。

……

落雪已经停止，没那些白东西的点缀，夜晚更沉更黑。水潭子，映出挂着七彩霓虹的高楼大厦，车轮碾过，水花四溅，就如同那些钢筋水泥也一起碎掉了。

晁鸣把车窗打开条缝。

不远处是姜亮点的诊所，现在八点一刻，应该马上就下班了。他右手握在方向盘上，指尖微敲。姜亮点肚子里那点东西他还能不知道？从"偶然"出现在教室听课，到在满天星摆摊，姜亮点不再是以前那个被爸爸打了以后坐在秋千上哭鼻子的姜亮点了，现在他仿佛满腹诡计、睚眦必报，却能奇妙地和那个穿着校服可怜兮兮的姜亮点重合。

晁鸣也不是以前的晁鸣，现在他不想让姜亮点滚了。

三个护士裹着羽绒服说笑着离开。没多久，诊所的灯灭了，一个瘦瘦的身影出来锁卷闸门。姜亮点觉得哪里都不如诊所安全，所以这几天总是最后一个走。外套长了，蹲着会碰到地。他站起来拍拍下摆的灰，左右看看，挺谨慎的样子。

前年姜亮点买了辆北斗星，可他不爱开，平时出行还是骑自行车居多。可最近天气太冷，他开起了小汽车。

往宾馆开的路上姜亮点会观察后视镜，他总感觉晁鸣还在临城，晁鸣不喜欢上城，虽然那里有他的一切。他和自己一样，在找一个答案，有了那个答案，以后的路才能走得踏实。他还蛮期待哪一次晁鸣能够跟踪他，再因他的足智多谋而绕丢。可惜一次都没有，从那天不欢而散后他就再没见过晁鸣。

姜亮点都要否定晁鸣还在临城的猜想了，可往后视镜上偶然一瞥——右后方有辆黑色轿车，车牌很熟悉。几乎是一瞬间，姜亮点感觉自己嘴角往上漾，可旋即想起上午晁鸣哥哥说的话，五官又耷拉下来。

晁鸣没想遮掩自己，他就跟在姜亮点那辆灰色小车后面，不快不慢。有时候等红灯，他咬着前面车的屁股，窗户仍旧开着条缝，外面寒气重，却冷却不了血管里流淌的燥热。

姜亮点应该发现了。

他想绕路，频繁换道，时而往新区开，时而往市里开。晁鸣打开车载音乐，一首歌刚收尾，接着放的是刘若英的《后来》，这是从文玲送的碟子。

姜亮点在前方路口掉头，面对晁鸣，在他车的左侧驶过，北斗星的车窗没贴侧挡膜，晁鸣余光里出现姜亮点的半张侧脸。

临城城区旧，许多老街巷子，姜亮点对这片还比较熟，因为医学院就在附近不远。他企图在这里把晁鸣绕晕绕糊涂，向东就是一条单行道，处在小区后院，住户人家少。姜亮点得意地开着，后视镜里没再出现那辆黑色轿车，自以为已经甩掉晁鸣，于是他关掉车前灯，预备快速离开。

凛冬夜，小城市的一隅总无法热闹。

晁鸣将车窗大敞。

姜亮点还是不放心地扭头，待他转回来，他被前方刺眼的灯光晃得急踩刹车。越来越逼近的歌声：

  那个永恒的夜晚
  十七岁仲夏
  ……

却已来不及，面对面，灰色小车和黑色轿车相撞。

巨响，冲击，姜亮点后脑勺撞在靠椅上，眼前晕眩不已，大脑空白了几秒钟。一阵阵歌声再次飘来——

  让我往后的时光
  每当有感叹

总想起当天的星光

　　……

　　姜亮点颤抖着直起身，双眼猩红。北斗星的车头被撞出一个巨大的凹陷，车灯堪堪挂着。

　　安全气囊弹出来，晁鸣睁开双眼。对面的车子不再有动静，他下车过去，发现姜亮点已经晕过去。仔细检查后，他发现姜亮点只是擦伤，没什么大问题，就把他拖抱回了黑色轿车上。

11

高二暑假，晁鸣写完最后一道大题，正在收拾练习册，哥哥晁挥敲响了卧室的门。

"干什么去？"晁鸣坐到副驾驶座儿上系好安全带，问晁挥。

晁挥别有深意地看了晁鸣一眼，从皮带上卸掉呼机递给他。

未知：晁挥哥哥，我是姜亮点。有关我爸的事，我都想好了。请十九号晚上七点来苏门酒店，房间号码3015。

时间显示昨天晚上。

"他要干吗？"晁鸣用大拇指腹在姜亮点那三个字上搓了下。

"不知道，"晁挥目不斜视地开车，"所以才带你过去。"

晁鸣把呼机还给晁挥，视线转到窗外，心中不快酝酿。什么事不能和自己说，有必要亲自联系晁挥吗？

苏门酒店是文普集团旗下的一所快捷酒店，价格亲民，档次一般，也没有门童来接车提行李。好在晁挥事先打过招呼，二人径直走入电梯内。

"你说他找你干什么？"晁鸣不自在地又问了一次。

"我真不知道，"晁挥耸肩，"让他给我回电，没回应。我担心出事，这毕竟是你的朋友。"三楼到了，晁挥轻抬下巴，"走吧。"

3015在转角旁，孤零零的，此时房门虚掩。里面没开灯，漆黑一片，晁挥没动，晁鸣本想喊姜亮点的名字，但碍于哥哥在身边，他选择先敲门。

"没人吧,灯都关着。"晁鸣扭头对晁挥说。

晁挥没什么表情:"进去看看。"

打开门,走廊的灯光泻进屋内。普通大床房,编藤座椅,白色床单,玻璃圆桌上摆着一对茶杯和两袋廉价茶包。通间房颜色都很素,有架落地风扇对着床。床上躺着一个人,因为是背对着晁鸣,晁鸣能看见他脖颈上部的那只小的"美人尖"。

晁鸣站在门关处,没再往里面迈一步。

他盯着床上熟悉的背影看了会儿,转身离开房间。

"有人吗?"晁挥仍旧没进来,他虽在问问题,神情可一点也不好奇。

晁鸣用同样的神色打量哥哥几秒,侧身从他身边蹭过,接着他快步走到电梯处,按下按钮。

晁挥阖上眼,听见电梯"叮"声后迈进房间来到床边,俯视躺在床上熟睡的姜亮点。姜亮点脸上没什么异样,只是耳后、脖子和锁骨很红。晁挥关掉风扇,把被子给姜亮点掩好。夏天盖着厚被子,姜亮点开始泌汗。

晁挥知道他现在醒不来,也不着急走,拿出移动电话给姜为民打,让姜为民一个小时后来接他儿子。情况很明显,姜为民把姜亮点骗来,让他求自己不要再追究姜为民挪用公款的事,估计怕他不配合,又给他喂了安眠药。

但晁挥没有告诉弟弟这些。

晁鸣立在车旁,晁挥按车钥匙,车响了两声。

晁挥皱眉,弟弟的态度让他不爽:"你尽管过去,找你朋友问问怎么回事。不过我告诉你晁鸣,他爸爸在咱们家公司做事,犯了大错不想坐牢,我和他之间除了你就这么点儿交情了。"

说完他坐回主驾驶,使劲拽上车门,松刹车、插钥匙、打火。

晁鸣站在原地没动，低着头。

"要不你亲自过去问问他，我在这儿等你。"晁挥催促。

晁鸣抬眸，绕到车的另一侧坐进去。"走吧，回家。"他对哥哥说。

"保持联系。"晁鸣想起姜亮点在放假前说的最后一句话。

联系个屁。

于是，整个暑假晁鸣对于姜亮点而言，杳无音讯。

不仅如此，高三开学后他办了走读。

和姜亮点的交集变少，他假装看不见姜亮点像只小刺猬一样渐渐缩起来。

不是没有过心软，也曾怀疑过，姜亮点暑假出现在那个酒店里是不是有什么误会。然后，接下来的一个清晨，晁鸣彻底承认自己瞎了眼，交错了朋友。

那天的餐桌前，晁挥少见地坐在晁鸣对面，看他几口解决掉早餐，起身就要离开。突然，一张折得整整齐齐的信递到了晁鸣面前，晁挥沉声说道："看看吧，我觉得应该交给你。"

晁鸣接过信，展开来，姜亮点熟悉的字迹映入眼帘。信中每一行字都写得工整，却带着一种低微的恳求：

……

只要你能将欠款一笔勾销，我愿意做任何事情。

读到最后，晁鸣的手微微颤抖，心中翻涌的情绪像潮水般袭来，复杂而酸涩。

他一言不发地盯着那几行字，眼神渐渐变得黯淡。

晁挥冷冷地注视着弟弟，似乎带着几分怜悯："阿鸣。"

晁鸣愣愣地坐了一个小时，到学校的时候已经上完了头两节课。

……

一辆黑色轿车行驶在高速上,车头有几个不深的凹痕,防撞杠也歪了。

车里,后视镜映着侧躺在后座椅上的姜亮点,他腿部微蜷,紧紧闭着眼睛。即使车里暖气充足,晁鸣在收费站等条的时候还是给姜亮点身上披了件外套。

电话响了,看到来电显示是罗宵子。

他接通,本想开免提,可想着会把姜亮点吵醒,就拿电话贴在了耳边。

"阿鸣。"罗宵子的声音有点疲惫。

"嗯。"

"你哪儿呢?"

"开车。"

"我在你家门口,你什么时候回来?"外面太冷,罗宵子站在鼎苑A区7幢的院子外,她爱美穿得薄,现在冻得直往手里哈气。鼎苑不让外来车辆进,罗宵子的车还停在门口。

"……"晁鸣通过后视镜看了眼姜亮点,"今晚我回不去,你别等了。"

"哦,"罗宵子闻言没做逗留也没再请求,快步向鼎苑大门走,"那我和你商量件事。"

"你说。"

"过几天陪我去趟香港吧,在家太无聊了。"说出这个请求的时候罗宵子很没底,但大话都已经跟晁挥说过了。

"王丹呢,她怎么不陪你?"

"拜托,"罗宵子不爱发脾气,可得到晁鸣的回复后着实有些火,"她前天就跟她男朋友去泰国了。"

晁鸣鲜少听见罗宵子生气，要哄她也容易，说句"宝贝对不起，我现在就订票"，就万事大吉。

"宵子，最近我没空。"

罗宵子刚出大门，也许是温度太低，也许是等得太久，此时此刻她的情绪跌至谷底。刚刚拉开车门她就又猛然甩上。

"晁鸣，你什么意思啊？"

"我怎么了？"

"你什么时候有空过？"要细数晁鸣作为男朋友的不称职罗宵子当然在行，"这几天你和我打过一次电话吗？我给你发的短信你也不回，你究竟想干什么？"

晁鸣抬手按按眉心："我在开车。"

"你想分手就直说，弯弯绕绕的好玩吗？"

面对一连串的质问，晁鸣不再应答，而是把电话丢到副驾驶座儿上。罗宵子控制不住自己，声音高得吓人，埋怨的话像沸水上的泡泡源源不断。

"晁鸣，你还想继续谈吗？"

说到这里罗宵子已然泪流不止。晁鸣听见这句话，仍旧一言不发。

"我们分手吧"如愿传到晁鸣的耳朵里，下一秒，屏幕上显示通话结束。

过了半小时，罗宵子仍趴在方向盘上，把刚刚自己说的话回忆了一遍又一遍。冲动办事，完了，她开始后悔。和晁鸣分手，以后还有什么理由再联系晁挥呢？

回到鼎苑已经是凌晨，晁鸣将车停在车库里，又发短信让4S店的人第二天来取走维修，顺便开另一辆过来。

接着，晁鸣从后座背起姜亮点，他骨头轻、身子瘦，很轻易就背回了家。

12

姜亮点终于苏醒。

他脑袋很钝,轻飘飘地抬眼,视线范围内是晁鸣的脸。

"醒了。"晁鸣确认似的说。

冬天的房间是这样,冷冰冰的总没有融入感,需要把暖气开得很足,才能"被归属"。姜亮点瞳孔向旁边斜着,只留眼白对着晁鸣。

他瞪圆的眼睛慢慢蓄泪,巩膜上笼着一层水玻璃,不能眨眼,一眨眼泪滴就要掉出来。姜亮点觉得很难过,他想大声质问,为什么晁鸣要撞自己,为什么不送自己去医院。

矛盾的却是,现在,此时此刻,他不想和晁鸣再说一句话了,一个字也不。

"被撞成哑巴了,啊?"晁鸣看着姜亮点问。

姜亮点固执地用手背抹嘴,不说话。

晁鸣看了眼表,开始穿外套:"放心吧,我找人给你检查了,没撞坏,不用去医院。"

"我下午回来,"他走之前嘱咐,"到时候我们好好聊聊。"

姜亮点盯着合上的门,小声喊了句"浑蛋"。等这两个字蹦出来他才发现嗓子哑得厉害。

……

晁鸣把从学校取的资料送回家后,就去了东宇百货。

文普集团一直是东宇百货的大股东,文普的主业是搞电器,可晁挥野心大步子宽,什么都想占一脚。近年来虽然有许多大大小小的商楼拔地而起,但总归很难撼动老字号东宇百货在上城商圈的地位。

黑石头,原是晁鸣考上一中时晁挥送他的礼物。这并非黑曜石之类的普普通通的石头,而是从一颗1986年砸在西藏的陨石身上扒下来的,十分稀有。

玉石店的老板接引晁鸣进内室,从保险箱里取出挺大的方盒子来。

"您要的,"老板打开盒子,一粒通体漆黑的石子躺在白布上,"托了一堆熟人,辗转给您找着了。"

晁鸣捻起那块石头,对向光源照了照,边缘发银光。"是同一颗上的吗?"他问道。

"准没错。这是鉴定书,您瞅瞅,"老板指着纸上的三个字,"'银太阳',1986年西藏的。"然后他捂着嘴靠近晁鸣,悄声说,"我朋友和当年科考队沾边儿……"

"和我那块很像。"晁鸣点头。

"您那块呢?"

"丢了,"晁鸣说,"被别人扔丢了。"

老板一脸可惜:"那块也是我亲自交给晁总的,比这块漂亮太多。"

晁鸣让老板给石头打孔缀链子,老板询问是否要放到礼盒里,晁鸣回答不用,只用普通的首饰盒就好。

回到家的时候,姜亮点躺在床上睡得很沉。柜子上的食物他一口没动,水倒是喝了些。

晁鸣重重拍了拍姜亮点的脸,姜亮点逐渐睁开眼。

"怎么不吃饭?"晁鸣看着姜亮点。

姜亮点脑子还有点晕,默默转身,背对晁鸣。

换上家居服后,晁鸣拿起面包送到姜亮点面前:"吃。"

姜亮点没有回应。

僵持了一阵，晁鸣松手："不吃拉倒。"

他把装着黑石头的袋子往小沙发上一扔，去拿抽屉里的烟。身后的姜亮点终于爬起来，开始咀嚼面包。他吃得很细，一下一下的，用牙齿把东西磨成最小的末子才送进喉咙。而这期间除了食物和唾液搅拌的声音，姜亮点再没发出别的。

晁鸣盯了他半晌，问道："有东西送给你，要不要？"

肚子空空，姜亮点能很明显地感觉面包顺着食管往下滑，最后沉甸甸地坠到胃里。这次他没有移开眼神，仍像从前的每次，安静地注视着晁鸣。

然后他摇了摇头。

"你不要？"晁鸣神色微敛，是在生气了。

姜亮点闭上眼，头部又小幅度地摆两下。

"爱要不要。"

晁鸣嗤笑，把烟盒抛至沙发上。明明声音几乎弱不可闻，却惹得另个人敏感地一震。晁鸣不禁笑了，怎么，撞车给撞傻了吗？姜亮点为什么要怕自己，他那颗傻脑筋不会以为是自己主动去撞他的吧……

晁鸣又气又烦躁，姜亮点就是这么想他的？而且，姜亮点竟然会不要黑石头，他没想过姜亮点会拒绝。

"姜亮点，"他开口，"我们聊聊行吗？"

姜亮点没动。

"好。"晁鸣收回腿，耸了下肩膀，状似无事地走出卧室。就在姜亮点以为晁鸣是为面子挂不住而离开并不再回来的时候，一串很重的脚步声传来。

晁鸣拿了游戏机和卡带出来，熟练地连接端口，说："打完这盘，你要还是那个死样子，我就揍死你。"

晁鸣没有直接看姜亮点，屏幕上有好似怎么都加载不完的进度条。

Ready——GO！

游戏开始了。

操纵人物活动几步，晁鸣先发制人，给了对手一击。

下一秒，他没能躲避开对手的首攻，血条直接掉了四分之一。晁鸣不耐烦地"啧"了声，一条腿弯曲踩在沙发上，握着手柄重新集中注意力。上了几刀后晁鸣感到战况逐渐缩小到自己掌控的范围，于是瞟了姜亮点一眼——他好像已经睡着了。

晁鸣的视线再次回到屏幕上，喉结滑动。

他关了电视，扔掉手柄。

来到姜亮点身边，晁鸣恶狠狠地说："姜亮点，我再问你一次，你到底在怕我什么？"

13

施奥把刚输入的一排字删掉,看着副驾驶座儿上的几卷海报若有所思。

海报中有一卷被拆开,露出晁鸣的半张脸,不清晰,可这人的模样确实抢眼,让人很难忘。

施奥微不可闻地叹了口气,把目光转向诊所门口:张心巧和阿真正在撤雪毯。雪停了多久,姜亮点就失联了多久。他去哪了不难猜测,他的交际圈就那么大,活动轨迹几乎三点一线,除去诊所的医生护士、自己,现在只有可能是和晁鸣在一起。

姜亮点真是别扭又偏执。

他想解释误会,又不敢说,他的父亲确实利用他博取晁家兄弟同情,他一方面觉得自己无辜又委屈,一方面又觉得自己有罪,生长在那样的家庭就是他的原罪——他快把自己淹死了。

施奥想要救他,救过他,向他抛过救生圈。

他想帮帮他,就像他的名字一样,让他能够亮点。

化雪很冷。城市里还残存的白色被行人车辆踩压殆尽,变灰变黑,变成一潭潭污水。暗沉的建筑,有时候阳光普照也不尽温暖。

张心巧处理完门口淤积的雪水正准备回屋,一个人喊住了她。

"张护士,上午好。"晁挥打招呼。

"您是?"张心巧认出他来,"您是晁先生。"

晁挥微笑着颔首。

张心巧连忙推门意欲请他进来，晁挥却没有要进来的意思，而是问道："姜医生在里面吗？"

"他好几天没到店里来啦。"

"电话也联系不上？"

张心巧摇头："打了几次，没人接。"

"哦，好，"晁挥又笑了下，"如果他回来了麻烦告知我一声。"

送走晁挥，张心巧方得进屋倒杯热水暖身子。刚喝了一口，诊所的门被推开，施奥风风火火地走进来。

"心巧。"他在张心巧面前站定。

"正准备找你呢奥哥，姜医生这几天联系不上，刚刚还有……"

"那个人，"施奥打断她，"是第一次来吗，你们说了什么？"

施奥问得急促，张心巧一时间接不上话："噢，那个人，他是姜医生朋友的哥哥……不是第一次，前几天，上个星期吧，来过，还和学长去吃了午饭。"

施奥示意她继续说下去。

"刚才他来找姜医生的，应该也是联系不上。我就实话实说了……"张心巧见施奥表情不太对，"哥，没事吧？"

"没事，我就问问。"施奥收回面上的凝重。

一股不好的预感涌上心头，施奥眉间轻皱。再怎么样，晁挥都不可能也不应该在这时候还和姜亮点有交集。

……

那天和姜亮点吃完午饭，晁挥就动身返回上城。本来早就该回的，为了弟弟，他就又耽搁了些时间。

4S店发来消息说晁鸣提了辆新车，而之前的那辆报了修，上面有很明显的撞击痕迹。晁挥打了电话过去，晁鸣状态不错，还提到最近给从文玲买了条新丝巾。

晁挥于是再度来到临城,却发现姜亮点貌似消失。联想种种,他越发觉得这和晁鸣脱不了关系。

晁鸣,好弟弟,肯定有什么事瞒着他。

回到上城后,晁挥遣走司机,自己开车来到离万福路不远的一个中档小区。

有段日子没来了,小半年?他平常很少用钥匙,钥匙盒都落了灰,翻翻找找,终于找出一把来。

卢宋住在顶层,窗户黑的,没灯。

门一打开,一股说大不大说小不小的酒味扑面而来。刚进门很难接受,走到屋子里发现还好,那些酸苦的味道好像已经浸入家具和墙壁了。经过转角的玄关方能看见客厅,电视调到了没信号的频道,一截小臂从沙发上垂下来,手里半抓着一瓶底部磕在地上的酒。

晁挥走进去,站在沙发后俯视正在酣睡的卢宋。

"卢宋。"他开口,声音正正好,砸落在地板上。

卢宋周身一震,顷刻间坐直,眼睛还没来得及睁开就回答:"我在!"

原本手里的酒瓶子倒下,黄色液体咕嘟咕嘟流出来,填满地板间的缝隙。

卢宋这才彻底醒了。听见晁挥在喊自己,多年的肌肉记忆作祟,他抬头看了眼晁挥,刚刚挺直的身体又塌下。

"我先擦擦,一会儿洇进木头里该不好了。"卢宋注意到打翻的酒瓶。

昨天和前天晚上刚为晁鸣忙前忙后,好不容易能和啤酒过一夜,他哥哥又来了。卢宋半跪在地上用干抹布擦拭酒液,站起来拿拖把再过一遍。

"打你电话怎么不接?"晁挥站在旁边问。

"没电了。"其实是关机了,卢宋不想让晁鸣再打电话过来要这要

179

那。他把抹布丢进垃圾桶,盘腿窝进单人沙发。

晃挥在卢宋刚睡的地儿找了块干净地方坐下:"最近怎么样,快过年了,还一个人吗?"

卢宋朝冰箱的位置努嘴,说:"前几天在超市买了点儿冻饺子,年三十的时候吃。"

晃挥还想继续问卢宋的近况,却被他打断了:"老板,找我什么事?"

"你,"晃挥看见地上扔着张医院的取药单,不动声色地拾起来,"你最近去过鼎苑吗?"

卢宋闻言神色一滞,不自觉地别开眼,他又想起那个在晃鸣家里的名叫姜亮点的青年了。他没打算告诉晃挥,也答应过晃鸣对此事只字不言,可是真到晃挥面前——扯谎,不能,不提那件事就好,也不算是欺骗吧。

"去了,去了。"

"晃鸣叫你去的,去做什么?"

"他叫我买药,"卢宋说,"他,他发烧,家里退烧药吃完了。"说罢他自认为很真诚地对上晃挥审视的眼睛。

"几号?"

"我想想,昨天是,昨天……"

"六号。"

卢宋点头:"对,六号晚上。药店都关门了,所以我去医院开的药。"

斜靠在沙发上的拖把突然往旁边滑,木棍尾端与地板发出一声闷响。

晃挥捻着扶手上的半只烟头丢进垃圾桶,他双手交握,上身前倾:"卢宋,为什么要对我撒谎?"

"什么？"

晁挥把那张取药单放在茶几上，食指中指并拢推向卢宋："六号，二十三点十八分，两瓶酒精一盒止疼药。你买的退烧药呢？"

卢宋张了张嘴，没说出话来。

"你十八岁就跟着我了吧，今年虚岁二十六？和晁鸣差不多。"

"阿鸣受了点伤，不想让您担心……才让我不要说的。"

卢宋仍旧没有全盘托出，他已经骗了晁挥，倘若再对晁鸣反悔承诺，岂不两面不是人？夹在两个恶魔中间，自己没好日子过。

14

短短五天，卢宋已经三次来到鼎苑。

他本想用钥匙直接进去，考虑再三还是作罢，转而敲门。晃鸣拉开门，双手抱臂，一脸不耐烦："你来干什么？"

越过晃鸣的肩膀，卢宋看到抱着双腿坐在沙发上摆弄游戏机的姜亮点。他下巴撑在膝盖上，长袖长裤，头发掩着耳朵。

"你哥……"卢宋收回视线，"你哥前天来找我了。"

"哦，"晃鸣侧过身，让卢宋进来，"所以你都和他说了？"

"怎么可能？我答应你的。"走进客厅，卢宋没继续往里走。

"我哥怎么说？"

"还像以前一样，让我给他汇报你的生活起居什么的。"

姜亮点脸色好了很多，不像那天差得可怕，起码上了些血色，卢宋都看在眼里。

"你为什么不告诉他？"

"不是你……哎，难道你想让我告诉他啊？"

相较之前，姜亮点脖子上多了条黑色项链，坠进衣服，看不见具体系的是什么。

"我可没说。"

"小心点吧，我对他撒谎了。倘若咱俩说的对不上号，我肯定完蛋。"

晃鸣问得也随意："撒的什么谎？"

"我和你哥……"

还没等卢宋回答,晁鸣电话响了,看眼来电显示,晁鸣离开客厅。

姜亮点用手柄玩游戏的动作随之停止,紧接着他抬头,缓缓对上正在打量自己的卢宋的眼睛。他没说话,如此安静,胸脯小频率地上下起伏着,好像没什么特别情绪。

卢宋能感受到,他是要自己同他讲话。"你叫……姜亮点?"他觉得这个开场白会更好些。

姜亮点点头。

"闪闪发光的那个'亮点'?"

姜亮点继续点头。

"哦。你,"卢宋清清嗓子,"你是阿鸣的同学吗?"

姜亮点眨巴下眼睛:"嗯。"

卢宋没话了,拿出电话瞎按一通以缓解这令人不舒服的尴尬。

"你可以,"姜亮点说,"借我用一下电话吗?"

"啊?"卢宋不明所以。

"我报平安。晁鸣他,他把我的电话扔了。"姜亮点耐心解释,"晁鸣开车撞了我,哦不是,我也不确定,我要好好捋一捋思路,所以没跟他借电话。"

"你能借给我吗?如果不放心,你可以看着我……"

姜亮点求人的时候会诚挚地睁着一双大眼睛看看对方,眉尾微落,总让人感觉他说的每个字每句话都是发自肺腑的、真心实意的,很难拒绝。

见到卢宋的犹豫,姜亮点也并没有表现得非常失望,而是说:"不行就算啦,没关系。"

卢宋实在心软,咬咬牙一狠心,把电话抛给他:"接着。"

接过电话的姜亮点抿嘴笑,眼角弯弯的,冲卢宋说了句谢谢。他打字很快，手上功夫灵巧，卢宋还没反应过来就已经结束了。

"谢谢，"姜亮点把电话还给卢宋，"真的谢谢。"

卢宋低头查看姜亮点发的短信内容：我现在没事，记得给诊所贴海报。

原来真的是报平安。

卢宋放下心来，重新开启话题："你是医生啊，我以为你还在上学。"

姜亮点用食指敲了敲自己的脸："牙医。"

晁鸣挂断电话后回到客厅。刚刚是罗宵子打来的，他开始还纳闷，罗宵子从不是喜欢纠缠的性格。接了电话才知道她打来的原因是觉得现在分手丢人，还想和自己去香港，只不过到时候可以各自玩各自的。他没答应。

"刚说到哪了？"晁鸣坐回姜亮点身边。

卢宋努力让自己的表情自然："我骗你哥说，你受了伤，让我买酒精带过去。"

"成，"晁鸣了然，"他要问我，我就这么和他说。你还有事吗？"

卢宋知道这是在下逐客令了，于是主动站起来："没，那我走了。"离开之前卢宋再次望向姜亮点，他没看自己。

卢宋裹紧外套，匆匆往鼎苑大门走。

他正准备回家，忽然想到酒是不是喝完了，打算去囤点。过年时不能总去超市，显得自己多寂寞似的。

15

上城是模范文明城市，新年总是兴师动众，年前就办了几场烟火活动，初一到初七更是庙会、舞狮巡街不断。如今到年根儿了，上城已经初具新年气象。

因为快放假，公司上上下下都有些浮躁。晁挥将签好的文件交给秘书，端起沏好的茶来到窗边。家里年货采买得差不多了，他准备下午去一趟鼎苑，看看晁鸣的"伤"，如果没什么大碍，就接上妈一起去商场置办点东西。三十那天上午还要去给爸上坟，晁鸣当然也得跟着。

晁父去世的时候晁鸣年纪还小。晁挥与晁鸣不同，他自小就跟着爸妈经历风风雨雨，几乎是和文普集团一同成长。晁父一开始只是从日本倒腾电器回来，从文玲在日本熟人多，会说些日语，为他们的创业提供了不少便利。再后来厂子做大了，他们开始搞起国产电器，那时候干这行的少，品牌一炮而红。

晁挥正细细考虑三十晚上自己动手做什么菜，突然被楼底下扰人的嘈杂声打断。

他的办公室在集团大楼的顶层，平日都非常安静。

透过窗户往下，晁挥看见大楼门口围着少说十家媒体，握着话筒的、扛着摄像机的比比皆是，有些人手里还举着大张的海报。因为楼层高，看不清海报的具体内容。

晁挥眼神一凛，召了秘书过来，让她下去察看情况。

这边秘书刚应下，办公室内线电话就响起来了，与此同时还有赶上来的部门经理，连门都不敲了，直接气喘吁吁跑进来。

"晁总……"经理面露难色。

"出什么事了？"见经理迟迟不开口，晁挥问道。

"您……"经理说，"您还是亲自下去看看吧……"

下楼的过程中晁挥把所有的可能都想了一遍，虽说这么多年他什么大风大浪都经历过，可这种情况确实少见。

一楼大厅已经聚集了许多来看"热闹"的员工，大门被从内锁上，可以看见外面除了媒体外，还有许多路人驻足围观。

所有保安都出动了，围成半圆拦着拥挤的记者。离得越近，那些仿佛交织在一起的人声就越能被辨别——"文普集团董事长被其弟弟殴打""兄弟互殴""我们现在就站在文普集团楼下"……

刚刚探查完情况回来的秘书把那张海报交给晁挥："晁总，是这个。"

晁鸣和晁挥正大打出手，晁鸣冲亲哥挥出一记左勾拳，而踹在他身上的正是亲哥穿着昂贵皮鞋的脚。

刹那间晁挥感觉自己周遭仿佛都静下来，随之而来的是熊熊燃烧的怒火。他看向正在窃窃私语的员工和哆哆嗦嗦跟在自己身后的秘书，脸色以肉眼可见的速度阴沉下来，转身朝后门走去。此时他只穿着西装，秘书要上楼去取大衣却被他拦下："查，"他边走边对秘书说，"给我查查是谁干的。"

接着他又给家里去了电话，让保姆看好从文玲，不要让她出门。

原本的计划被打乱，晁挥干脆直接驱车前往鼎苑。坐在车里，他努力地让自己冷静，不要乱。

晁挥已经很久没有这种烦躁和失控的感觉了。好像用心堆搭的城堡轰塌，好像所有事情都偏离了轨道。他强迫自己去把整件事情的来龙去脉捋清捋净，强迫自己去思考应对的策略。

晁鸣。弟弟。

他出生的时候晁挥八岁。

晁鸣不是乖孩子,这晁挥一直都知道。他是哥哥,他爱他,包容他,替他隐瞒做的错事,只要他不触碰底线。

底线是什么?

底线就是,晁鸣好好地学习、工作、生活,不要把他一块一块拼接粘贴完整的家再弄坏了。

晁挥咬牙,让整颗心沉下来,开始吩咐手下人。

他从秘书口中得知,今天早上各大媒体都收到了邮寄来的海报和一张打印好的爆料册。上城是大都市,每年的八卦新闻虽然不多,却件件家喻户晓。而这件事既涉及产业大亨文普集团,又涉及"亲兄弟为利翻脸",就是块刚出烤箱的肉,各家都要上去切一块儿。

所以当务之急是安抚媒体,不要把这件事持续闹大。

公关部紧急处理后晁挥稍微安心,此时他也已经到达目的地。不出他所料,鼎苑门口蹲了几家媒体,幸亏鼎苑为此增添了不少人手,他才得以顺利进去。

A区,7幢。他在晁鸣本科毕业后送给他的房子,是给他当婚房用的。

晁挥忍着怒气,按响门铃。

今天零下六摄氏度,晁挥只穿着两件衣服,却好像感觉不到冷似的。

门打开,他看见弟弟,下一秒,他一拳抡了过去。

正中晁鸣的左颧骨。

晁鸣低声骂了一句。

紧接着他迅速直起腰,挥起拳头,向晁挥脸上同样的地方打去,刚击中——晁挥一脚踹上他的小腹。

看到跌坐在地上的弟弟，晁挥把西装外套脱掉丢在一旁，然后开始解领口和袖口的扣子。

晁鸣用大拇指擦嘴角，有刚被打出的血。他眼神渐厉，站起身向晁挥扑了过去，并一拳砸到他的下巴，晁挥也被打歪了脸。但他很快再次出手，一边格挡一边出击。

两人离得很近，晁鸣刚搂上晁挥的脖子，就着这个姿势屈腿，用膝盖直顶晁挥的胃。没承想晁挥后退躲开，头从晁鸣的两臂间出来，双手拽着晁鸣的肩膀，同样屈腿，这次又直又狠地顶到了晁鸣的肋骨。

晁鸣弯腰缓了好一阵子。

"这招我教你的，"晁挥拽上晁鸣的领子，"你现在拿它对付我，啊？"

晁鸣推开晁挥，冲地上吐了口带血的唾沫："你先动的手。"

"我为什么动手，我为什么来，晁鸣，"晁挥步步紧逼，"你不清楚吗？我忍你多久了，从你小时候到现在，哪件事我没帮你向你？"

晁鸣满脸不解。

"我再不管你，你就要把这个家拆了！晁鸣，想想你做的那些事，作为你哥，我觉得我已经仁至义尽。"

晁挥难得地宣泄着情绪，甚至他说话的声音都在颤抖。

"以前的事我都不管了，只想着反正妈不知道，你也有女朋友，我就当你贪玩。就想着你今年二十五了，也该收收心了吧。"

晁挥指向外面，"你知道现在小区门口是什么吗？"

晁挥语毕，把从秘书手里接过的海报砸在晁鸣身上。

"这是你拍的吧！"晁挥的脑回路果然清晰，一下子就找对了人。

晁鸣展开海报，又看了眼楼上。

"照片是我找人拍的。"晁鸣明白了，随之承认，这些照片他的确早就见过，不过后来他已经把姜亮点手上的备份都删除了。

"晁鸣，我不知道你的用意是什么，就为了气我和妈，为了不去大学当老师，还是为了不回公司帮我的忙？晁鸣，爸妈辛苦创建公司，我经营公司忙到失眠，确实想让你回公司帮忙，但你不愿意我们也没勉强你，晁家哪里对不起你，你要这样把晁家的心血给毁了！"晁挥的愤怒中夹杂了一丝疲惫。

"因为……我最近想清楚了一些事，我想自己走接下来的人生，我得从你们的安排中跳出来！"晁鸣也被激起了内心的情绪。

"你……"晁挥刚刚平复下的怒火又堪堪燃起，"也是你自己发给媒体的？"

晁鸣刚要给出肯定回答，一道脆亮的声音划过：

"是我啊。"

姜亮点趴在楼梯栏杆上笑盈盈地说。

"我发的。"

16

姜亮点最后再看了眼楼下站着的两个人,转身,走进卧室,将门反锁。

他靠着门蹲下来,咬手背的肉,直到疼得受不住才松开。他用掌根按压了会儿眼睛,然后站起来,去找之前喝过的那瓶酒,去找之前抽过的那包烟,最后躺到床上。

火机快没气了,姜亮点几次拨开盖子都没能打着。他小臂抖得厉害,最后狠狠一按,上面终于冒出火苗来。他把烟叼在嘴里,点上。吸进肺里第一口后,他长长地舒了气。

姜亮点觉得自己很酷,因为往往电影里那些很酷的人才这样抽烟,颓废,美,脸颊湿湿的,快要死掉前。他也摸了摸自己的脸,没泪水,还有点烫。

酒只剩下半瓶,姜亮点不敢多喝,抿了嘴,接着悉数倒到一只枕头上。

烟灰落在盖着脚背的裤子上,姜亮点抬脚抖了抖。

他还记得自己刚回上城那天在东宇百货碰见刘好,刘好说他没变,还是以前的模样。他其实长高了些,也更瘦了些。镜中的姜亮点站得笔直,像棵小树,脖子上戴着黑石头项链,和高中在晁鸣家写数学作业、玩游戏的姜亮点没区别;和从许朵朵身上抢走呼机、在人群车流中奔跑的姜亮点也没什么区别。

晁鸣怎么还不上来?

姜亮点将沾了酒的枕罩拆下来，捏着烟蒂凑过去。他做好了失败的打算，在心中告诉自己，倘若烟蒂熄灭就就此作罢。

可是几乎是火光接触到枕罩的瞬间，一簇火苗燃起来，很小很细，马上就要消失。姜亮点挥了挥它，它要死，又不愿死，开始沿着酒迹燃烧，很快就占据枕罩下沿。

这没什么好说的了。

姜亮点站在房间中央，手握打火机，眼中闪烁着一种决绝的冷意。他深吸一口气，抬手点燃了一张纸巾，将火焰缓缓引向窗帘。火苗迅速攀上布料，转眼间便肆意蔓延，温度在房间内疯狂上升，空气中弥漫着刺鼻的烧焦味。

看着火光吞噬一切，姜亮点嘴角勾起一抹苦笑，仿佛在宣泄压抑已久的情绪。然而，他低估了火焰的威力，正当他打算后退离开时，火焰猛地蹿起，瞬间攀上了他的衣袖和手臂。炽热的火舌像是嗜血的猛兽，牢牢附着在他的皮肤上，灼烧得他痛不欲生。

他惊慌失措地甩动手臂，想要扑灭火焰，但火势却愈发凶猛，迅速蔓延到肩膀和上半身。剧烈的灼痛让他发出一声惨叫，皮肤在高温下迅速起泡，血肉模糊，空气中弥漫着焦臭味。他踉跄着向后倒去，倒在地上，意识逐渐模糊。

姜亮点的呼吸变得急促而微弱，眼前的视线开始模糊，他的手颤抖着想要抓住什么，然而四周却只剩下一片炽热的火海。他的意识渐渐沉入黑暗，身躯被炙烤得痛苦不堪，仿佛每一次呼吸都将生命从他体内抽离。

他不后悔。

在接过晁鸣给他的黑石头的那一刻，姜亮点就明白了，他不想纠结于过去的所谓误会了，因为即使不清楚真相，晁鸣也是信任他的，愿意和他继续做朋友的。他脑子里不断闪过姜为民抬腿踹上他肚子的样子,以及他从许朵朵身上扯下传呼机后往远方奔跑的画面,他不断奔跑,跑到肉身疲惫到极点,心情却越来越明快轻盈,他的背上仿佛猛地裂开一个口子,一双无形的翅膀蓬勃而出。

姜亮点又不断回想晁鸣的样子,他戴着眼镜,扮演一个好儿子、好弟弟、好学生、好青年、好老师,但他喜欢跳上摩托车驰骋,喜欢和施奥那些人玩,喜欢抽烟和疯狂,他不喜欢罗宵子,不喜欢回父兄掌控的公司上班……

于是,姜亮点用卢宋的手机给施奥发信息,让他按计划把照片曝光,他还是要"复仇",却不是为了复仇,他希望推晁鸣一把,帮他把那五彩斑斓的翅膀也释放出来,就像晁鸣七年前帮他的一样。

刚才看着晁挥冲进来对晁鸣大打出手的时候,姜亮点心里有点没底,小象从小被拴在木桩上,等到长大后,即使轻轻一甩就能挣脱,但依然只在绳索范围内活动,他怕晁鸣也是如此,所以他要加一把火,哪怕焚烧自己。

姜为民今年买股票赚了不少,给家里添置了台小电视。

"二〇〇一年二月二十一号,距离除夕还有两天,上城立滨区青文路四十八号发生了一场小型火灾。"

他坐在茶几前嘬酒看新闻,屏幕上的画面开始扭彩条,姜为民暗骂一句,不情不愿地过去调整天线,猛拍电视后机。

"守……门口……记者……疏散……"

画面恢复了,声音却断断续续,人一离开就又出问题,姜为民干脆举着酒盅站在电视旁边。

消防车和救护车,混乱的人群,姜为民原本没上心,斜着眼看。突然,他好像发现什么,酒没拿稳洒了些也没在意,脸朝电视屏幕越靠越近,直到整个人蹲下,头与电视持平。

画质不好，距离越近，由荧光点组成的人和物就越模糊。

能看见有个男人从大门里跑出来，还背着一个昏迷不醒的人。黑头发，和两只垂下、无力摆动的脚。附近刚准备撤的记者再次一拥而上，却被安保人员拦下。等男人把那个看似昏迷的人放到急救床的时候姜为民才稍加看清。

他眯缝着眼，怕看错又使劲揉了揉。

男人跟着上了救护车，姜为民正要抓住最后的机会仔细看，门外传来急促的开门声，紧接着许朵朵冲了进来。

她的脸因为兴奋而涨红，眉梢高高抬起，明明是冬天，额角和鼻翼却挂着小汗珠。

"老姜，"许朵朵煞有介事地说，"你猜我刚刚看到什么？"

姜为民对她要说的那些八婆事没兴趣，摆摆手，准备同她讲自己刚刚在电视里好像看到姜亮点了。

许朵朵却没等姜为民开口，继续问："一件好事一件坏事，你想先听哪个？"

"我刚才……"

"哎你先别说，听我说。"许朵朵自顾自地说下去，"先说坏事，坏事就是你赶紧把去年买文普的几只股抛了，马上赔。"

"不是，为啥啊？"

"为啥？"许朵朵冷笑，从包里翻出张被揉得不成形状的纸拍在姜为民面前，"你自己看看吧。"

姜为民将信将疑地打开，只消一眼，眼睛就瞪大了，表情精彩地对许朵朵说："这你哪弄来的？"

"下午去药店换鸡蛋路过文普大楼，楼底下有好多人在清理打扫，我趁人家不注意捡的。"

姜为民再次打开那张纸。

"一个是晁挥，"许朵朵说，"一个是他弟弟，你儿子那个高中同学吧？"

姜卓从屋里走出来："妈，晚上吃……"

"你先别出来！"许朵朵吼道。

姜卓被吓得赶紧退回去。

姜为民把那张纸对折好几次，拉着许朵朵到里屋，问："这到底怎么回事？"

"你问我？"许朵朵夸张地用她的红指甲指着自己，"我能知道？不过，不知道为什么，我觉得你儿子肯定知道。我要是没记错，他是不是和这兄弟俩关系都不错……"许朵朵降低音量，"那时候你还冒充他给晁挥写过信、打过传呼呢，对了，还是你把他送去宾馆的。"

姜为民脸一阵青一阵白："别说了！"

"所以你赶紧把股抛了，这事也不知道怎么爆出来的，肯定要弄得满城风雨。"

姜为民想起来刚刚在电视上看到的姜亮点，也同许朵朵说了。

"他们现在绝对愁得要死——"许朵朵眼中闪过精光，"老姜，你想不想再赚把钱？"

17

晃鸣看着床上的姜亮点,后者烧伤的手臂被纱布层层包裹着。

高挂起来的输液瓶,正往管子里滴着透明液体。

看见躺在地上昏迷不醒的姜亮点的瞬间,晃鸣承认他浑身麻了一下。当时卧室火势蔓延,已经将窗帘和床烧得连成一片。

姜亮点蜷缩在地上,靠近床的那条手臂烧伤最严重,其他地方还好。

晃鸣的目光落在姜亮点起皮的嘴唇上。

"晃鸣。"

晃鸣扭头,看见哥哥站在门口。

晃挥来了有一阵子了,就在那儿静静看着晃鸣坐在姜亮点床边。

"明天除夕,"晃挥向晃鸣走近了些,可还是保持着刚好的距离,"你还回家吗?"

"妈都知道了?"晃鸣说。

晃挥轻轻"嗯"了一声,算作肯定:"她打电话给我,我没接。"

晃鸣取来棉签和清水,沾着给姜亮点涂嘴唇。

晃挥张了张嘴,最后还是把问题又问了一遍:"明天除夕,你还回家吗?"

晃鸣放下手中的东西站起身,面对晃挥。"我不回去了。"他说。

这次晃挥接得很快:"你要是不回去就永远都别回去了。"

姜亮点手边的输液瓶已经滴完,回血了不少,晃鸣赶紧过去捏住管子顺便按响护士铃。

"你快回去陪妈吧。她心情要是不好就不吃东西,以前的病又要犯。"晁鸣对哥哥说。

"你还知道心疼她?"晁挥向前一步,"你要是真心疼她就不该弄这些破事,就应该明天回家跟她好好道歉解释。"

"我没什么好解释的。"

"你……"

就在这时护士走进来给姜亮点换药,晁挥便没再说下去。

"回去吧,哥。"晁鸣看着透明软管中的红色被压回姜亮点的身体,心头那点不顺才稍稍平息。

晁挥的电话铃声再次响起,是从文玲打来的,在此之前已经有好几个未接来电了。他叹口气,按下接通键,离开了病房。

护士和晁挥走后病房再次陷入寂静,那些仪器的嘀嘀声听起来危险,却使人莫名心安。已经入夜了,但还不深,窗外黑暗,房内明亮,晁鸣只能看见钴蓝色玻璃上自己的脸。他去了趟洗手间,回来时姜亮点还是那样躺着。原本外面是什么都看不到的,突然传来几声闷厚的炮响——烟花升起来,小小地炸开。

"姜亮点你听,"晁鸣低头,用指尖戳姜亮点的脸,"还没到三十就放烟花。"

今年没有三十,除夕夜就在腊月二十九那天。

晁鸣第一次对姜亮点说这句话的时候,姜亮点坐在他的摩托车上。那是一九九三年的腊月二十八。

……

姜亮点觉得自己做了梦。

是在凌晨的一中操场。

他躺在沾着露水的绿色草皮上面,脖子上戴着黑石头项链。他好像在等一件事,或者一个人,梦里的姜亮点想不起来,于是他就静静地躺在那儿。

遥远天边开始隐隐约约出现赤橙色的光,姜亮点这才知道自己在等日出。

姜亮点睁开眼。

睡眠时间过长,处在黑暗中外加低血糖,刹那间姜亮点以为自己失明了,他努力眨眼,才渐渐恢复视力。左手臂剧痛,抬也抬不动,于是他撑着右手坐起来,用牙咬着输液管将其拔下。

环顾四周,姜亮点看见晁鸣侧躺在旁边的陪床上,背对自己。应该是累了就直接躺下睡的,没调床的长度,腿曲着很奇怪。

输了很多水,姜亮点感觉肚子很胀,想上厕所。病床边的护栏是抬上去的,姜亮点费了半天工夫才把它放下,他慢慢移动身体,逐渐适应了低血糖和腿脚麻肿,站起来小步小步地往厕所走。

幸好他只是昏睡了一天半,身体除去手臂的伤外没别的毛病。小解后洗完手,姜亮点正准备回去,被靠在门口的晁鸣吓了一跳。

他猛地往后退,没站稳,又要用左手去扶盥洗池,被疼得连忙缩回。

晁鸣站着没动,脸上也没表情,只一双眼睛死死盯着姜亮点。

"你干什……"姜亮点想说话,可太久没进食进水,一出声就拐好几个调。他用力咳,才能正常把一句话说完整说明白。

"你要、要来找我算账了。"姜亮点小声道。

晁鸣往前迈了一步,吓得姜亮点赶紧挤上眼,等他反应过来什么事都没发生后把眼睛开条缝,发现晁鸣还是那样看着自己。

"但是我不道歉,"姜亮点于是又开始说,"我没做错。"

语毕姜亮点停顿,学着晁鸣往前迈了一步,开口:"你活该。"

你活该。

"你也不该救我,让我死了算了,你之前不就想开车撞死我吗?我省得你动手。"

"也是我故意点了你的房……"

晁鸣大步向姜亮点走去,姜亮点赶紧噤了声。

"你怕我打你?"晁鸣低声问。

"我不怕你打我。我又不怕疼。"姜亮点说。

晁鸣忽然一脸不可思议:"你刚说什么?我想开车撞死你?"

"不是吗?你就是故意撞我的!别人不知道,但我知道,你是疯子。"

晁鸣被气笑了:"我是疯子,不是傻子,开车撞你……你想死我还不想呢!"

"我去!"晁鸣忽然一脸了悟,"合着你这几天在我家闹不痛快,是因为这个?"

"我……"姜亮点心虚地闭了嘴。

晁鸣看着他,等他继续。

"你没办法再去T大教课了吧?"姜亮点转移话题。

"嗯,没办法了。"

"你妈妈也都知道了?"

"嗯。"

晁鸣的声音冷了下来。

"那你恨我吗,晁鸣?"姜连点问。

晁鸣反问:"你恨我吗,姜亮点?"他的眉眼略显疲惫,目光却很重。

"你指什么,哪一方面?"姜亮点终于开口,揭开往事,"是高中时你害得我退学,是几年后再见的恶语相向,还是误会我、伤害我?"

"我不知道该恨哪件事了。它们,不好的,总是爱和好的混在一起，有时候我根本不知道自己在做什么。我可能有病，点燃房子的时候我觉得自己好像解脱了，就像被我爸逼得跳楼的我妈。可是我又感到后悔，如果就这样死掉，我活这二十多年……"

"姜亮点……"晁鸣开口。

"你哭了。"姜亮点有点惊讶，晁鸣的眼角是湿的。

他想起自己走进办公室之前刘好给他的那颗糖，丢进嘴里很酸，需要含一段时间才能甜。

姜亮点没见过晁鸣掉眼泪，他想再看看。

可是他现在不太敢和晁鸣面对面了，这样晁鸣就能看见他脸上的、怎么也藏不住的、释怀又如愿的笑。

他一点也不后悔回上城了。

不后悔死了，也不后悔活着。

18

晁挥回到家的时候，楼上楼下全开着灯，桌上有煮好的砂锅米粥和几碟清淡小菜，看样子都没被动过。

孙婶听见晁挥回来，端着盛好的粥和菜下楼。

晁挥边脱外衣边问："我妈呢？"

"屋里，"孙婶指指上面，"中午到现在没吃东西，说不饿，嗜。"

"东西给我。热过了吗？"晁挥接过孙婶手里的粥菜。

"热的。太太说给您打了好几通电话，您好不容易接通，太太在等……"

晁挥换鞋上楼，冲孙婶摆手，让她别再继续说下去。

站在从文玲卧室门口看着那个小小的门把手，晁挥犹豫不决。他把门轻轻推开条缝，探头过去：从文玲披着毛呢坎肩坐在沙发椅上，手里捧本书，目光呆滞无神地凝在空中一点。

他站直身体，再次把门掩上。

原本因为揍了晁鸣、鼎苑着火而暂时平息的怒火又开始在心头乱窜。晁挥厌恶这种仿佛对所有都无能为力的感觉。好像要离开的弟弟和好似又回到父亲去世后那样神情恹恹的状态的母亲，他想要把身后的烂摊子全部收拾整理，等转过身，却发现根本无从下手。

除夕。通常，晁挥会在上午准备年夜饭食材，下午带晁鸣去扫墓，在家里大厅摆上已故父亲的灵位；傍晚时分晁挥要贴对联，统共三副，院门外门和内门，晁鸣在旁边负责剪胶带。保姆放假回家，年夜饭是晁挥做的，从文玲会烧一道拿手菜，晁鸣不会做饭，只能帮忙打下手。

还有两小时不到，全完了。

晁挥看向镜子，下巴上已经冒出胡楂儿，他撑着盥洗池洗了把脸，而后涂剃须泡沫。刮脸的时候晁挥的思绪又飘了，不小心把下巴刮出个血口子。他知道从文玲在等他。晁挥向来是个喜欢迎难而上的人，一切的棘手问题他从没怕过。

除了从文玲。

能有什么办法？离开家之前他嘱咐孙婶继续哄劝从文玲吃东西，并在给她的水中放适量安眠药。

晁挥坐进车里，喉咙间发出低沉的嘶吼，接着他用力地捶向方向盘。

车窗外是一片浓黑，晁挥粗喘着气，胸口剧烈起伏。

方才出来的时候带了几瓶酒，灌进胃里半瓶后晁挥靠在座椅上拿出电话。有十几条未读短信，其中三条从文玲的，还有四条则是罗宵子发来的。

他正要打开，一通陌生电话打来。晁挥接了，刚放到耳边——"是晁总……"

晁挥干脆直接地挂掉。

点开罗宵子的短信，四条都是问他现在怎么样。晁挥刚想回过去，那串陌生号码又发来消息：晁总，我是姜亮点的爸爸，不知道您还记不记得我？

晁挥慢慢坐直身体，盯着屏幕上的字看，原本涣散混乱的眼神渐渐聚拢，接着他头往后仰，深吸了口气。等他再回来的时候，先前那种狂躁的状态通通消失不见了。

他拨通那个号码。

嘀——

"喂,你好。"
……

晁挥喝过酒,便叫来司机开车。把电话关机后周身安静不少,他轻捏眉心,闭目养神。窗外风在呼啸,司机大气都不敢出,车内陷入诡谲的寂静中。

刚才晁挥回姜为民电话,同意找他商议有关姜亮点的事——姜为民和许朵朵已经预谋好,准备用七年前晁挥让他把姜亮点送到宾馆那件事再勒索晁挥些封口费,反正现在风头正盛,随便散布些话对晁挥来说都是雪上加霜。

坐在姜为民家客厅的沙发上,晁挥冷着脸听他说到一半,甚至还没听他开价,就耐心告罄:"我还没找你呢,你倒是自己主动送上门。"

他霍地起身,硬邦邦扔一句:"七年前你挪用公款的证件我还留着,刚才你的话也都录音了,又加一条敲诈勒索罪,等着坐牢吧。"说完抬腿走人,到门口又轻飘飘说了一句,"父亲坐牢会影响孩子上学和工作的,你们知道吧?"

姜为民和许朵朵一愣,刚想扑上去认错道歉,就被门外的保镖挡了回来。

……

许朵朵大哭起来。

一切都错了,她不该让姜为民去找以前的同事要晁挥的号码,不该打那通电话,许朵朵总觉得那点钱对晁挥来说不算什么,却没想到头来把人家惹毛了,还要为此搭上丈夫,还有儿子的前程。

她哭着骂了一会儿,看着姜为民的窝囊样,更是气不打一处来,但她明白,晁挥不是吓唬他们的,那个人说到做到。她不能干等,必须想想办法,几分钟后,她咬咬牙,进屋,拿出家里所有的现金积蓄。

临近十二点,还是在腊月二十八,街面上很难打到车,许朵朵拽着姜为民在寒风中等待许久才拦到一辆正准备休班回家的出租车。

他们要去找姜亮点,许朵朵的直觉告诉她,和七年前一样,还是要让姜亮点去求晁挥才有用。他们并不知道姜亮点现在在哪里,不过姜为民在电视上看到姜亮点进了救护车,那就肯定是去了医院。

哪怕一家一家挨个找呢,他们也要找到姜亮点,于是他们就先从市中心几家大医院开始,分头去找。

19

    姜亮点手臂疼得厉害，止疼药没作用，晁鸣喂他吃了片安定，他才迷迷糊糊有点困意。

    "其实今天晚上不睡觉也可以，"姜亮点躺在病床上，眼皮打架，"我已经睡得很饱了。"

    晁鸣坐在床边，肩膀向前微耸，脖颈后弯："那你怎么眼皮直打架？"

    姜亮点抿下嘴。

    已经是深夜，病房没开灯，窗帘也紧紧拉着，只有走廊上的绿色灯光流进来，正正好好打在姜亮点的脸上。

    "现在呢。"

    "什么，"姜亮点不解，"什么现在？"

    "困了吗？"

    安定起效，姜亮点觉得身体和思维开始不受自己控制："你和我说点话吧，晁鸣。我不是特别特别想睡觉。"

    晁鸣其实有挺多话想说的，可是担心说出来两人不愉快："你想听什么？"他问。

    "都可以。"

    晁鸣沉默了会儿："那……"他不知道该说什么才好。

    "十八岁之后的生日我都只许一个愿望，很恶毒的，愿望。"姜亮点好像突然想到什么，开口道。

"你许的什么?"

"我许晃鸣永远倒霉。"

晃鸣闻言嘴角往上挑了下:"你要记恨我一辈子?"

"也许生日愿望就是要许很多遍才能实现,明年还要许吗,你的恶毒愿望?"

"如果,"姜亮点的眼神有些迷离了,"如果继续许的话,你会倒霉吗?"

"你都放火把我家烧了。"

姜亮点笑起来:"晃鸣,我真的快要睡着了,可是不行,我还不想睡,我去厕所把药吐出来吧。"身上伤口处的疼痛开始减轻,他昏昏欲睡,却一直强打着精神。

晃鸣按住姜亮点要起来的肩膀:"躺好。"

"那我离开一中以后,晃鸣,"可能是药物的作用,姜亮点本来不想纠结的往事,突然想要说说清楚,"你去找过我吗?"

"找过。"

"嗯?"

"你父母说,"晃鸣说,"不知道你死哪去了。"

"假如我现在离开,你还会来找我吗?"

"你到哪儿去?"

"去我想去的地方。"

"你积累这么多年的生日愿望实现了,才能去那种地方。"

姜亮点就这样躺在床上,身上盖着厚被子,眼皮更重了:"明年我许以前的许过的生日愿望都不作数好了。"

晃鸣觉得有点冷,去拿了外套披在身上。"海报,"他问,"怎么回事?"

说到这个话题,姜亮点好像又精神了些许:"我拿给你看过,你删掉了,但我还有存着的你不知道。"细小的雀跃爬上姜亮点的眼角眉梢,"早就想这么做了,一直没忍心。"

看见晁鸣脸上隐约浮现的笑意,姜亮点追问:"你凭什么不生气?等我好了让你打一顿。"

"嗯,"晁鸣应声,"睡觉吧。"

姜亮点打了个小哈欠,眼皮缓缓阖上。

现在的姜亮点,呼吸渐趋平稳,眉眼舒展,和以往都不同。晁鸣从口袋里拿出一串东西。黑石头项链。把昏迷的姜亮点捞出来的时候他手里滑落的。拉下被褥,他把项链放到姜亮点的枕头下。

晁鸣将病床外的栏杆重新竖起来,走到窗边拉开窗帘看了看外面。自从姜亮点被送到医院后他就没离开过,主要是对哥哥不放心。而晁挥现在应该在家照顾从文玲,这几天他来医院的时候状态也还较正常。晁鸣出来得急,既没带电话也没带现金,只有腕上戴的一只手表。

姜亮点已经睡得很深,晁鸣离开的时候他还模糊地发出一声呓语。

三楼护士站有两个小护士在值班,晁鸣挑了个正在打瞌睡的。

"你好。"晁鸣敲敲她面前的桌子。

护士抬头,对上晁鸣的眼睛。

"可以帮我个忙吗?"

……

晁鸣到鼎苑的时候天还没亮。

整间房子虽然已经被打扫干净,却还是能闻到股股焦煳味道。一楼没什么变化,二楼卧室被烧得严重,好在被发现得及时,临近卧室的书房门被熏黑,里面的东西倒还完好无损。

那天察觉不对劲的是晁挥,他正怒不可遏地要拽晁鸣回家,突然闻见怪味,才反应过来是楼上着火了。

接着晁挥松劲,晁鸣冲上楼。

晁鸣收回回忆，去书房拿了身份证和存折，又返回卧室。当初晁挥把这房子送他的时候，他嫌卧室不够大，找人将卧室和旁边的两间客房打通，以至于床的位置离卫生间和门的距离够远。他四处打量，大床和主窗无疑是着火点，现在黑得不成样。但的确庆幸于此，虽然两道门都被反锁，门锁却没有被烧坏，用钥匙就能打开。

疯子。

回忆起姜亮点的所作所为，晁鸣心想。

20

　　床垫枕头被烧得只余残骸，晃鸣最后看了一眼，合上卧室的门，将一屋的焦黑都关在里面。他把车开出车库，此时天边露出隐约的光，周遭景物蒙着层干燥的墨紫色。

　　今天就是新年，上城还是没有下雪。

　　有好几通未接来电，晃鸣匆匆扫了遍，没什么特别重要的。他单手握方向盘，另一只手想要摸根烟来抽，却发现烟盒空空，一根都不剩。

　　街边店铺都关着门，行人极少，车可以开得很快。

　　晃鸣选了去医院的捷径，要路过一中和桥头，其实自从毕业以后他就没再回过一中。铁门是锁着的，栏杆间缝隙大，经过的时候能很明显感到里面矗立着的灰白色雕像在视线范围的边缘一闪而过。桥下的秋千，让他想起高一那会儿的姜亮点——澡堂子门口抱着澡盆，头发湿的，几撮发尾在淌水，穿他爸爸的白色老头背心。

　　"来一根吗？"坐在天台水箱旁边的姜亮点拿着一根棒棒糖问晃鸣，"梅子味的。"

　　"好酸。"晃鸣吃不惯。

　　"酸死你。"

　　姜亮点还和他说过别的话，但是他记得没那么清晰。

　　"如果考上Ｔ大，晃鸣，你想学什么？"坐在Ｔ大大讲堂最后一排的姜亮点问晃鸣。

"跟我妈一样，学金融。"

"哦，好。如果咱俩分数差不多，我也学这个。"

最终他们没有进到同一所大学，也没有学同一个专业。在很久之后，晁鸣站在 T 大的讲台上，看见了姜亮点。

车开上高架桥，四周顿时空旷。晁鸣收回思绪。

天亮了。

等他到达医院的时候，这座城市才开始忙碌起来，出来散步的病人和匆匆行走的医生护士随处可见，今天是除夕，他们却只能在医院待着。姜亮点跟他们不一样，晁鸣想。回家之前晁鸣担心哥哥突然杀过来，于是请那个值班的护士照看姜亮点，等自己回来。

他有意加快步伐，直到临近病房，才发现踱步的护士和虚掩的门。

"怎么回事？"他快步向护士走去，把门缝拨大，没看见姜亮点，"他人呢？"

"早上同事叫我签到换班领早饭，我就去了不到五分钟，再回来病人就不在了。"护士满脸通红，着急得不行。

晁鸣走进病房，床上的被子被掀开，而姜亮点已经不知所终。

"有人来过吗？"晁鸣问。

"小卉说看到病人自己出来的，我在门口等了快半小时也没见回来。"护士回道，"真对不起。"

晁鸣心烦意乱地摆手，病房里没有多余的外套，姜亮点肯定是只穿着病号服出去的。距离病房较近的有两座楼梯，分别通向医院的北门和东门，晁鸣不知道姜亮点会选择哪一座。

……

姜为民和许朵朵一晚上分头找了四家医院，拿着户口本问护士站的护士姜亮点住在哪个病房，皆无收获。想想晁挥的样子，尽管整晚又累又困，他们却不得不继续奔波。

三院是上城三大医院中距离市中心最远的，许朵朵清晨来的这里。她双眼红肿，走进医院大门，拿出户口本交给护士站："我是姜亮点的妈妈，他前几天被送到医院，"许朵朵重复这几句话，"没和我说他住在哪个病房，可以帮我查一下吗？"

　　就在许朵朵进医院后不到三分钟，晁鸣也走了进来。早上人并不多，姜亮点没穿外套，蓝白色的病号服应该很明显，可是大厅和门口停车场都没有他的身影。晁鸣在心里盘算，只有两种可能：一是姜亮点走的另一座楼梯，二是姜亮点在楼下被晁挥带走了。

　　晁鸣观察到大厅和门口都装有摄像头，无论怎么样，他决定先回病房，说不定姜亮点现在已经回来了。虽然这种可能非常渺茫，已经过去将近一小时，姜亮点穿得薄身上也没带钱，只能是被晁挥带走了。

　　许朵朵起先没有一眼就把晁鸣认出来。经历四次失败后终于听到肯定答复的她心跳加速，好像浑身又充满力气。她按照护士说的来到病房门口，里面没有姜亮点，只有一个"陌生人"。但是很快所有的记忆复苏，且不说之前遇到过，许朵朵还看过那张海报。

　　高中时晁鸣和许朵朵见过几面，过这么久，他完全记不得她了。他打了几个电话给晁挥，并没有人接听。原本他准备马上就回家去找晁挥的，直到看见门口来了人。晁鸣还以为是姜亮点回来了，刚要站起来，却发现是一个不认识的女人。

　　"姜亮点，"许朵朵这下肯定并没有看错房号，便走进来，"姜亮点是在这儿吗？"她问出这句话的时候眼睛盯着晁鸣不放开。

　　晁鸣起身："你是谁？"

　　"你是晁挥的弟弟……"许朵朵并没有把晁鸣的问题听进耳朵里，她嘴中喃喃，一步步向他挨近。

　　"你是，"晁鸣把姜亮点身边的人想了个遍，"姜亮点的……"

210

姜亮点的后妈。

"求求你——"

许朵朵突然直挺挺地跪在晁鸣面前，由于整夜的寻找，她已然接近崩溃："对不起，对不起，求求你哥高抬贵手放过我老公和儿子，求求你，我真的没有办法……我给你磕头了……我给你磕头了……"

一瞬间晁鸣以为她口中的"儿子"指的是姜亮点，更加笃定心中猜测："姜亮点被晁挥带走了？"

"不是，不是的……"许朵朵哭着说，"是我儿子，点点的弟弟……"

晁鸣记得姜亮点和自己说过他后妈和他爸生了个小弟弟。他蹲下来，直视许朵朵："你慢慢说，怎么回事。"

……

在晁鸣的认知里，这二十多年来，他没做过后悔的事。

至少在晁鸣听到许朵朵哭着说完那些话之前，在听到许朵朵一五一十地告诉他，是晁挥让姜为民把姜亮点送去酒店的，是姜为民冒充姜亮点的笔迹写的那封信之前，他开车行驶在上城2000年的最后一天，晁鸣都是这么以为的。他不愿再在乎后不后悔。那时候他想的是——现在去医院接走姜亮点，像高中时那样对他说：姜亮点，一起过年吧。

对了，姜亮点确实给他写过一封信，他当时囫囵看了几眼就撕了，如今想来，那封信写的什么？

晁鸣：

地球将要撞太阳。

……

如果我真的哪里做得不好，请你告诉我，让我有机会去改正。我很在乎这段友情，也不想因为一些误会而让它变得冷淡疏远。晁鸣，我们还能像以前一样吗？

姜亮点

他拨通晁挥的电话。

"哥，姜亮点在哪儿？"

21

姜亮点睁开眼睛后的第一件事是去看旁边的陪床，没人。

"晁鸣？"他喊出声，同样没人回答。

除去手臂还在隐隐作痛，身上别的地方都已经好多了，姜亮点下床，发现病房的门半敞着。

"晁鸣？"他扶着门框对外面喊了一声，有点早，三楼没多少人，他的声音很小。

不知道晁鸣去了哪里，姜亮点走到楼梯口，探头向下张望。

卢宋大约在凌晨四点多的时候接到了晁挥的电话。最近自从听说姜亮点那件事，他当机立断找人换了家门的锁，也不敢再多喝酒，时刻保持警惕。晁挥铁定已经知道自己撒过谎，保不准会过来做什么。

所以卢宋战战兢兢地接通电话，几乎是屏住呼吸地在等晁挥开口。

"卢宋，"晁挥那边听起来寂静得可怕，"你在哪儿？"

"咳，我，我在家。"

"现在去趟三院吧。"晁挥发话。

卢宋重重呼出口气："去做什么？"

"姜亮点，"晁挥问，"这个名字听过吗？"

卢宋鼻子里窜出声"嗯"，现在他还能否认吗？

"之前你不该向我隐瞒的，卢宋。"

"我没……"

"现在给你个将功补过的机会，"晁挥打断他，并把姜亮点的病房号也告诉他,"去三院把他接过来,老地方,无论你用什么方法。"

想说的话哽在嗓子眼,他有什么办法呢,只得回答"好"。

晁挥挂断电话前的最后一句是:"晁鸣在他身边,小心点吧。"

昨天晚上十点的球赛刚刚重播结束,卢宋把胳膊穿进羽绒服的袖子,抬手将电视关掉了。

他态度消极,车就停在三院北门外面,也没叫人来。顺着病房楼往上数,姜亮点那屋没开灯,卢宋不太敢也不太想就这样贸然上去。他觉得自己特别无辜,干他屁事!晁挥和晁鸣真是两个魔头。

挨到快天亮,晁挥又给他去了电话问情况,卢宋才不情不愿下车。在楼上等了一会儿,他不想和晁鸣碰上,就寻思坐在三楼台阶上等着,看晁鸣会不会出来,然后他再进去。

卢宋怎么都没料到,能在栏杆上看见姜亮点的小脑袋。他更没料到,姜亮点是出来找晁鸣的。

"你坐好了。"姜亮点手不方便,卢宋帮他系好安全带。

"晁鸣现在在哪儿,"姜亮点侧脸看着卢宋问,"他怎么不自己来接我?"

天气冷,卢宋在原地打开引擎热车,随便扯了谎:"晁鸣在车站等你,忙,叫我替他过来。"

"我们要去哪里?"

"去……"卢宋发现自己不敢直视姜亮点的眼睛,"去车站啊,我刚都说了。"

"我说,晁鸣让我,去哪里?"

卢宋倒车:"不知道。"他当然不知道,而现在他要往电缆厂开。

姜亮点没再说话,靠在车椅后背慢吞吞地解手臂的纱布——一道道褐红色的伤疤,仔细看,已有新生的嫩肉。卢宋瞥了眼,问道:"你自己弄的?"姜亮点点头。

"疼吗？"

"疼。"姜亮点重新把纱布缠好，笑了笑说，"但是蛮值的。"

他出来穿得太少，现在手脚冰凉，想让卢宋把暖气调大些却发现自己不知道他的名字，于是说道："你还没和我说你叫什么。"

"卢宋。我爸姓卢，我妈姓宋，卢宋。"

"哥，"姜亮点说，"可以把暖气调大些吗，我有点冷。"

卢宋反手把座椅后披的外套取下来递给姜亮点："你和晁鸣是同学的话，咱俩年龄应该差不多，不用喊我哥。"

姜亮点穿好外套，拉拉链的时候看了看胸口的黑石头，是他早上醒来在枕头下发现的，随后就挂在脖子上。

"你……"卢宋一句话又把他拉回来。

"怎么了？"

"没事，"卢宋干笑两声，"就觉得你挺厉害的，能把晁挥气成那样。"他顿了顿，补充，"不过还是说一句，干得好！"

前面红灯，卢宋挂挡停车。这辆小别克有点年头了，换挡杆不灵活，卢宋使了点劲，姜亮点注意到他的手离开挡杆的时候在发抖。

"你，你的手怎么了？"他问。

这是卢宋的痛处，他不自觉地想要把手藏起来。姜亮点发觉是自己多嘴了，小声说了句"抱歉"。

绿灯亮起来。

"其实平常不总这样，"卢宋说，"这辆车好几年了，就……杆子换得不顺。"

"受伤啦？"姜亮点猜测。

"嗯。"他放慢车速，不知道为什么他想让这段路程再长些，能慢点到电缆厂，"因为晁挥，他……"

"你想说就说，不说也没关系。"

卢宋抿嘴巴:"那时候我还是晁挥的保镖,有一次遇到抢劫,保护他的时候,被几个人用钢管抡砸臂窝。"卢宋已经很久没向别人提过这件事了,"然后,然后两个胳膊关节粉碎性骨折,恢复后也废了,用力太大就手抖。现在手上能干的最大强度的活儿也就是开车了。"

保护晁挥是卢宋的责任,干了这行受伤也是在所难免,他没想过去抱怨或者怨恨。跟着晁挥将近十年,卢宋敢保证出那件事之前他对晁挥绝对忠心耿耿。晁挥对他好,有时候就像他亲哥一样,他是知恩图报的。所以他才拦在晁挥身前,替他挨钢棍。

可晁挥推他一把,迅速上车把车开走了。留下他一人。等警察到的时候,他已经昏迷。

那时候卢宋才意识到,什么"亲哥",他不过是晁挥身边的一条狗罢了。

之后他还是跟着晁挥。能有什么办法?饭碗都没了,只能依附于晁挥。晁挥又开始像亲哥一样对待他,派点小活让他干,钱也给得足。再后来,又让他去管弟弟晁鸣。

姜亮点听完半天没说话。

"不知道离开晁挥我还能做什么,"卢宋总结,"现在我已经是半个废人了。"

"你要把你的一辈子都丢在他身上了。"姜亮点说。

"差不多吧,反正我也不怎么做事,他还给我发工资。日子磨磨就过去了,很快的。"

"可是这种日子很辛苦啊……"姜亮点本来有感而发,却发现不太合适,于是改口,"算了,每个人有每个人的活法。不做事还有钱拿,我小时候做梦都想呢。"

"说说你和晁鸣吧,"卢宋转移话题,"你们是同学啊,大学同学?"

"不是,高中同学。"

"你以后……"卢宋问,"打算怎么办?"

"我在临城有家自己的诊所,够生活了。"姜亮点说这话的时候手捂在胸口,捂在那颗黑石头上。

姜亮点脸上有种微妙的笑。

然而这种笑传到卢宋眼里,就成了不可多得的希冀和向往。他轻踩刹车,脑海中又浮现出初见姜亮点那晚的模样。他往前多开了些路程。

下个路口卢宋掉了头,准备往回走。

22

"小时候年三十钟敲十二点钟的时候,我妈就带我去楼底下放炮,她有点害怕不敢点火,我敢。可我是小孩,她不叫我去。"姜亮点接过卢宋递来的冰啤酒,"嘭"地打开,往嘴里灌了口,"等我长大能自己去点鞭炮的时候,我妈已经死了。那之后我就不想再去点了,就想有个别的胆大的人去,我还是在旁边捂耳朵等的那个。"

"你说,"姜亮点靠在橱柜上,"晁鸣会害怕点鞭炮吗?"

卢宋从冰箱里把剩下的啤酒一罐罐拿出来,放进塑料袋:"他会害怕个屁。"

"我挺久没放炮了,晚上我们放炮吧。"

姜亮点还沉迷在对夜晚的遐想里,卢宋站起来直面他,问道:"亮点,你想离开上城去过你想要的生活吗?"

"可是我们不是一会儿去车站找晁鸣吗?"

气氛安静下来,易拉罐里的啤酒刺啦刺啦地冒泡。

"相信我和相信晁挥有什么区别?我是给晁挥做事的,你傻不傻?"

姜亮点有些不知所措:"你什么意思?"

"忘了你是病人,不应该喝酒。"卢宋站起来把姜亮点的啤酒拿走一饮而尽。他没再继续说话,而是去收拾一些必需物品,等他回来时发现姜亮点已经悄悄移到门口,浑身僵硬地杵着。

"愣着做什么?"卢宋有点想笑,"你就带着那袋啤酒就行了,那是我的命根。"

218

"我以为你和晁鸣是朋友。"姜亮点简短快速地表达观点,心里计算着现在出逃胜算有多大。

"我们不是朋友。"

"所以你都是骗我的,你要把我交给晁挥。"

"来我家之前我是这么想的,这是他交给我的任务,电话里他语气很差,你不让他好过,他也不会要你好过的。正人君子,都是装的,他们兄弟俩一个样。"

姜亮点咬紧牙关,手背在身后死死握着门把手,计算结果是百分之二十:卢宋追他的时候跌下楼梯摔断腿。

"但是路上我改变主意了。"卢宋把东西都塞进背包里,站在那袋啤酒前,"亮点,我再问你一次,你想去过你想要的生活吗?"

"当然,如果你不想的话,现在就可以离开。我保证你一天内出不了上城,晁挥就能捉到你。"

"我想……"姜亮点回答。

"那就走吧,"卢宋展颜,"过来拿上啤酒,我掂不动。"

"去哪儿?"

"离开上城。逃跑、失踪,会吗?"

怎么不会?姜亮点高中就曾经"失踪"过,技术很拙劣,只要是有心人就能找到他。可惜没有人找他。

"你骗我怎么办?"

"骗你刚才就带你找他去了,晁挥什么人,还用来我家吗?"卢宋伸出两截胳膊给姜亮点看。

来的路上卢宋零零散散说的那些话又回到姜亮点的脑袋里,他们兄弟俩多像啊!姜亮点看着卢宋澄澈的眼睛,咽下要问出口的那句"可是晁鸣会不会也找不到我"。怎么会有人找不到另一个人,什么情绪都好,只要想,怎么会有人找不到另一个人?

这世界上的大部分人消失后，多多少少会有人开始寻找他们。可姜亮点是小部分人。那一瞬间他好想看看，自己会不会成为那大部分人。

姜亮点松开门把手，来到卢宋面前，提起塑料袋："走吧。"他说。

"买了一堆速冻饺子，本来说今晚吃，算了。"

"谢谢你。"

"你不用谢我，"卢宋弯弯眼角，"我心里幻想过很多次这一天，我是为了我自己。"

临走前他给晁挥发短信：我辞职了，谢谢您这些年的照顾。

……

晁挥拽着晁鸣的衣领将他压到墙上。

"我不还手，"晁鸣喘着气说，"你告诉我姜亮点在哪里。"

晁挥冷哼，一只手压着晁鸣的肩膀，侧身，用肘关节狠顶他的小腹，每次冲击都随着句话："不还手，这么有种！"

下腹剧痛，晁鸣开始发昏："你电话里怎么说的，你说让我过来接他，他人呢？晁挥，你之前做的那些事我都知道了。"

"怪我？"晁挥指着自己，"晁鸣，你扪心自问怪我吗，你相信他吗？我就是太纵容你，你可分不清好歹了，啊？"晁挥觉得可笑。

"现在说这些没意思，"晁鸣颈上和手臂内侧隐隐显现青筋，"告诉我他在哪里。"

晁挥看着面前的弟弟，陌生，好像今天是第一次认识他。他松开他，晁鸣欲弯腰贴着墙往下滑，硬生生撑住了。手下递了根烟，晁挥叼在嘴里叫人点上："小鸣，我最后一遍问你，你非要和我闹掰吗？"

一口烟弥散在二人之间，浓淡堆叠。

"是的。"

晁挥深深看了弟弟一眼，良久后开口："这个年过不成。"

他向手下摆了摆手,转身又把那句话重复一遍。

"这个年过不成。"

卢宋的短信是压死骆驼的最后一根稻草。所有事情都脱轨。反抗、背叛,都是晁挥最最讨厌的。他在门口抽完了那支烟。

进家门之前晁挥帮晁鸣系好一枚袖扣,说:"你小时候再怎么淘气我也没有打过你,晁鸣。"

"跟妈道歉,说你错了,说你会改,我就让姜亮点离开。"

23

千禧,发生在去年。

"这是千载一遇的时刻,百年的更迭,千年的交替,都将汇于同一个瞬间。为了欢呼新世纪的太阳照临地球,全世界的人们都在翘首以待……"

那天晚上的姜亮点和往常一样待在家里。为辞旧迎新,年前他把房子尾款补齐了,还买了辆小汽车。很特殊,电视上主持人不停地重复:千禧年、千禧年,真是了不起的日子,巨大的春晚倒计时闪在一边。楼下饭馆打烊,他就给自己煮了碗面,坐在小茶几前慢吞吞地往嘴里塞。十二点钟声响起来的时候姜亮点陆陆续续收到短信,朋友的老师的……一些祝福话语,祝他千禧快乐,龙年快乐。

那天晚上的晁鸣在家吃了年夜饭就跟朋友出去喝酒、玩。从文玲身体不好早早睡下,不用和她报备,通宵一晚凌晨回来,当什么都没发生。也是在那次晁鸣认识了罗宵子,同一个局,好巧不巧去卫生间的时候打了照面。几个眼神,他们甚至还没说几句话,就在厕所门口把吻接了。"二十一世纪的第一个吻。"罗宵子靠在晁鸣怀里说。

两条嚼住轨道的火车在并驾齐行后分离,一条向北一条向南。却在数年后轰隆隆地往回赶。

"又是岁末平常的一天。这是我们第 829 次和你见面。"

今年的姜亮点坐在行驶于高速的汽车上,耳边是车载广播播放的《难忘今宵》,远处是碎开的烟火。隔着车窗能看见,一粒粒,盐似的星似的，再落到他的眼睛里溶化掉。

"其实挺浪漫的，"姜亮点转头对卢宋说，"就像逃往未来。"

卢宋扶着方向盘笑了下："你也挺浪漫的，能想出这种话。"

今年的晁鸣被软禁在家里。

晁挥做了一桌子菜，从文玲草草吃了几口，半躺在沙发椅上看春晚，而晁鸣根本就没下楼。从文玲的目光频频扫向楼上，晁挥见状对她说："妈，您要担心他就去看看。"从文玲看眼大儿子，轻轻点头，拢着坎肩去厨房冲了杯蜂蜜水。

四周是零星的炮声，没开灯，晁鸣坐地板上，后背靠着床，身旁是一箱游戏卡带，过时的，落灰的，被他从柜子顶翻出来。

《Metal Slader Glory》金属之光。

背景音乐，电视屏幕投出的蓝光，正好把他收拢在内。

"小鸣。"门的方向照进来别的光，在地上打出金橙色的矩形长条，从文玲的声音细细地从她的剪影上蒸腾出。

晁鸣单腿弯曲，没什么动作，也没应妈妈的话。

"水也不喝吗？"她合上门，走到晁鸣身边蹲下来，把温蜂蜜水递给他。晁鸣将水杯握在手里，表情淡淡，直到从文玲也坐到地板上挨着他，他才眉眼微软，妥协地喝了口水。

从文玲颇为小心地把头往晁鸣的肩膀上靠："小时候你就是这样靠在我身上，给我念从学校学的课文。"

又多了些许白头发，陡增老态。从文玲不愿意染，说对发质不好。她不是一个强势、不苟言笑的女人，她很脆弱，又对亲人有着颇高的期许，先是丈夫后是儿子。或许可以说正是这样的从文玲造就了晁挥和晁鸣——晁鸣害怕她失望，害怕她就像现在这样坐在自己身边温柔地向他捅刀。

"你一直是妈妈的骄傲，"从文玲说，"你哥也是。你们是爸爸留给我最后的礼物。"她拉起晁鸣的手，用自己的双手一上一下地含着，"你长大了，妈不能再像小时候那样管你了。"

晁鸣的眼神凝在从文玲和自己的手上，他不知道说什么，下午和她道了歉。"妈，"他开口，"要我再和你道一次歉吗。"

"妈不明白你……你说，你哥对你多好啊……"

"妈，"晁鸣打断她，"要我再和你道一次歉吗？"他一字一字地问出这句话来。

从文玲噤声，慢慢松开晁鸣的手，把头从儿子肩膀上抬起来。二人良久未言语。静默夹杂着起伏的鞭炮声，楼下洋溢快活的新年气氛，从文玲的声音不大，柔柔的："小鸣，你真的决定要走吗？"

晁鸣轻轻点了点头，目光坚定而执着："是的，妈。"

文玲静静地看着他，双眼里闪过一丝湿润，她的手轻轻握紧又松开，似乎在做一个艰难的决定。

蜂蜜水入口甜，涌进胃部，反馈上来的却是如何都祛除不尽的酸，就在喉咙间。

从文玲吸了吸鼻子，做了两次深呼吸，下定什么决心似的。

"前几天学校给我打来电话，说你留校任教的手续出了点问题。"她最后看了儿子一眼，"你走吧，等会儿你哥睡着了，我让孙婶给你开门。"

"去过自己想过的生活吧。"从文玲站起身，脸上湿湿的，"妈去睡觉了。"

金橙色的矩形光条再次伸展后缩消，从文玲是背着身关门的，晁鸣不能看见她的表情。

姜亮点说他离家出走了，也许是晁鸣收到呼机讯息的那天，姜亮点祝他做噩梦的那天，没问过。那是个平常天，夏日尾巴，蝉疯狂地叫喊，竭尽全力地叫喊，聒噪，听了直犯恶心。

而晁鸣是在大年初一凌晨三点离开的家。去找晁挥之前他把车停在医院，钥匙东西什么的都在里面，他身上没钱，这会儿也没车，走了几个小时，晨曦撒下的时候才停止。坐到车上打开暖气，他才觉得自己融化了，又活了。

新年过关免费，收费站上三个红艳艳的大字：临城市。

有人说千禧发生在今年，说2000年仍然属于九十年代。也许是吧，2001，崭新的千禧年。

"又是岁末平常的一天。这是我们第830次和你见面。"

24

卢宋自从听说是因为他去晁鸣家那次借给姜亮点电话发短信,才有的后面这些连锁后果,年三十向晁挥提出"辞职"时候的硬气全没了,怂得不行。

他们开车跑不远,就留在了上城附近的小县城里。两人起先还不敢找正儿八经的酒店住,只能往犄角旮旯里的黑旅馆去,怕被晁挥逮到,可经历几晚后发现晁挥没有任何动静,就大着胆子找了家较好的店。

"晁鸣他哥真就那么……"姜亮点涮了点豆皮,"还能干违法犯罪的事情呀。"

卢宋抬眼看他:"保不齐,不知道。"

"哦……"

"本来我还走得挺潇洒,横想竖想不欠他的。但要是给他查到海报那事还有我参与,"卢宋将塑料杯里的啤酒一饮而尽,"前几天我还想过不然把你带给他算了。"

"别啊,我们现在是一根绳上的蚂蚱。"姜亮点不太强硬地反驳。

"你那个朋友靠谱吗?"

"谁?"

"就是帮你的那个。"

当初构思海报计划的时候姜亮点是想要自己干这最后一步,但最后赶不上变化。他也担心过施奥会不会因为不想被牵连而选择不去帮自己,却没想到他做得比自己做得周全多了。

"晁挥应该动不了他。"姜亮点将豆皮塞进嘴,声音模模糊糊的。

卢宋把原来的电话扔了,扔在高速口加油站的厕所里,那是晁挥送他的,他拿着就怵。新年头几天小县城的商场都没开门,初四的时候他买了个小灵通,姜亮点只吃了几块豆皮,放下筷子问卢宋借来用。

"干吗,"卢宋稀里哗啦地吞着面,"你又要耍坏心眼。"

"借我下啊。"

"做什么?"

姜亮点声音小,双手放在腿上的缘故肩膀显得特别塌:"我跟我朋友打个电话。"

卢宋把小灵通递给他。

姜亮点指尖在键盘上拨了几下:"等会儿吃完了找个安静地方打给他。"

卢宋点点头,说:"其实晁挥刚让我管晁鸣那阵子,我还以为晁鸣是个好伺候的,相处久了才发现,他们兄弟俩一个样。归根结底就是自私。"到这里他发觉好像说错话,却没止住,"全世界能管住他们的好像只有太太,啊,就是他们俩的妈。"卢宋又叫了瓶啤酒,"你说谁不自私?可也不能不把别人当人啊。"

啤的白的混着喝,卢宋现在有点上头,说的话也稍稍放肆。

"晁鸣还好,对我没什么影响。晁挥,听见他叫我名字我就害怕!"

姜亮点听得难受,但是他不想继续深究自己是否和卢宋的处境类似,于是找了个别的话题:"我有没有和你讲过,其实我很久很久很久之前见过你。"

"什么?"

姜亮点把热茶水在两个杯子里倒来倒去:"高二,我爸那时候给晁鸣他哥打工,有次他们犯浑,你为了保护晁挥还把我后妈打了。"

卢宋记性不好,这些年帮晁挥教训的人多了去,他没能想起来姜亮点说的具体是哪件事,不知道怎么接,于是把打姜亮点后妈的歉给道了:"对不起啊,我受伤之前跟他,见谁搞谁。"

"打得好着呢。"姜亮点讲了些那天的细节:哭闹的姜卓、泼妇般的许朵朵、咖啡厅和蛋糕……

涮的肉和菜都吃完了,只剩下点手工面的渣。卢宋使劲眨了下眼睛:"我好像有点印象,一对夫妻,是吗?"

……

临城医学院门口。

晁鸣几天没刮胡子,唇上有些小黑茬,惹得施奥频频打量,他印象里没见过晁鸣这样。

现在放假,临城医学院里面一个学生都没有,晁鸣问施奥:"姜亮点在这儿上的大学?"

"嗯,毕业后他在读研和工作中间选择了后者,和同学倒腾了个诊所。"

车窗被打开,外面的冷风灌进来,晁鸣把左肘支在窗框上。施奥见他还在看医学院的校门,问道:"见到那些照片,你怎么想的?"他还是很好奇晁鸣的反应,毕竟这是他一手操办的,替姜亮点。

晁鸣脑海里又浮现姜亮点站在楼梯栏杆内得意扬扬的模样。

"想弄死他。"他转头看着施奥,眼神恶狠狠的。

施奥张了张嘴没能吐出一句话来。

"然后……你……"他找了个过渡词。

"上一秒还在笑,下一秒就把我的房子点了。我能怎么办?"晁鸣又把头转回去。

姜亮点怎么会是那么勇的人?施奥收敛下巴,没把心里话说出来。

他认识的姜亮点好像和晁鸣认识的不是同一人,姜亮点是原上的野草烧不尽,会永远存着根再生长,会一直燃烧,直到烧上放火人的裤角。

晁鸣合上车窗,把外面的噪声都隔断了。

"现在我联系不上他了。"晁鸣说得理直气壮。

"我真不知道,他没和我联系。"施奥叹了口气,指尖在车门把手处轻敲,"还有就是,我帮亮点那是最后一次。"他打开车门,"晚上我还有事,先走了。"

施奥裹紧大衣站在街边等着拦出租车,他要回家和爸妈讲好以后不要总是那么热情地把晁鸣迎进家。但凡早点讲,他就不会正在家待得好好的就被晁鸣拉出来,说着说着就从上城开到临城。

座椅靠背向后塌,晁鸣下巴微仰,神色放散,他觉得现在的自己好轻松。晁挥、从文玲……终于不再管着他。

晁挥说过他已经让姜亮点离开了,可几天了还联系不上,跑哪去了?晁鸣觉得烦躁。

他正神游着,车窗突然被人敲响,一抬眼,竟还是施奥。

晁鸣拉下车窗,施奥弯着腰,嘴里蹦出连串的话来:"你想想当年自己做的混蛋事,是,姜亮点回来就是为了原谅你,不然呢?直到现在你还在误会他,你联系不上他,该的!"

"还有,"施奥有点不自然地补充,"你哪儿接的我就把我再送回哪儿去。"

25

施奥没讲实话。

姜亮点联系过他,初七晚上,一串未知号码。忙着准备新年的缘故,施奥在做完那件事后就没再管后续,他做事干净,晁挥很难查到他头上。施奥也告诉自己这是最后一次帮姜亮点,最后一次插手晁家的事,即使这样,在接到姜亮点报平安的电话时他还是松了口气。

"所以你现在人在哪儿?"他在电话里问。

"东躲西藏,没什么地方去。"

"怎么不去找晁鸣?"

姜亮点心里掖着事,刚刚卢宋和他说的,于是就没把施奥的这个问句听进耳朵里:"奥哥,晁鸣他哥七年前跟我爸和后妈聊过我。"

施奥知道姜亮点的爸爸和后妈都不是好货,回道:"他们怎么认识?"

"以前我爸在他哥公司里打工,"姜亮点压低声音,"我爸做假账偷了公司很多钱,被他哥查到了,要送我爸去坐牢,我爸让我去求他哥,我没答应,但是后来说什么我还是约了他哥去酒店又逼又求……之类的,我记忆里没这回事……"姜亮点看了眼坐在马路牙子上看星星的卢宋。

施奥闻言沉默,来到窗边:"点,你跟哥说实话,高中的时候和晁挥有过接触吗?"

"去晁鸣家的时候见过,然后,"姜亮点回忆着,"后来因为我帮过晁鸣，他送了我一个呼机，然后，姜为民冒充我给他写过一封信，再然后，就没再见过了。"

施奥深呼吸，还是把那句话说出来了："点点，晁鸣说你曾约晁挥去酒店，和他做过什么交易，为了求他放过你爸爸。"

之后，施奥记得姜亮点好长一段时间没讲话，只有浅浅的呼吸声通过电话传过来。

姜亮点很聪明，全世界只有晁鸣说过他笨。

挂过电话后他抱膝坐在宾馆的小床上，旁边放着电子烤火炉，照得他半张脸很亮，眼睛睁得大，干干的，很久都没眨一下。卢宋在外面敲门，问他打完了没，他才回过神，站起来把门打开。

"用完了。"

"感觉你心情不好，"施奥接过小灵通问他，"有什么事？"

姜亮点回到烤火炉边，重新把自己缩成一团，下巴也放在膝盖上："我觉得自己自信过头。"

"什么意思？"卢宋关上门，蹲在烤火炉下搓手。

"我折腾一场到底在干什么？"

卢宋不是太能明白姜亮点，很多时候姜亮点说话绕来绕去的，他不能抓住核心重点。

"你以后打算怎么办？"姜亮点突然问他。

"什么怎么办？"

"就是以后，你的人生。"

"哦，"卢宋没做过多的考虑就直接回答，"我打算去南方，暖和。现在存的钱能在二线城市买幢足够大的房子，然后当个学校的保安或者别的什么，够我过生活，还有——再娶个漂亮老婆。"

"晁挥会找你，报复你吗？"

卢宋撇下嘴："再说吧。他说不定还会念及旧情什么的。现在他也没找我事，兴许就把我忘了。"

第二次是施奥主动联系的姜亮点，就在晁鸣把他送回家后。先是一个陌生男人"喂"，才到姜亮点接过去。在他说完"晁鸣在找你"和"晁鸣被'赶'出家"后，他听见姜亮点闷在胸口的笑声逐渐扩大，连带着再说的每句话都带着笑音。

"……晁鸣说你放火把他家烧了。"

"你，"施奥四处看看自己的房间，"真想死啊。"

姜亮点沿着墙壁蹲下来："我死不了，火烧起来他能早点发现我。"

施奥又说不出话了。

"上次问你为什么不联系晁鸣，你没回答。"施奥问。

"啊，"姜亮点回过神，"我想让他先联系我。"

"晁鸣今天去医学院门口晃了一圈。"

"是吗……"姜亮点又笑了两声，"哥，你说，晁鸣现在身上有钱吗？"

施奥如实回答："不知道，以前是他哥养着他，他自己……不知道。"

姜亮点挂掉电话后对着公交车站的车次表发了会儿呆，甩甩脑袋，才往回走。卢宋正在和他旁边等车的一老太太聊天，姜亮点把小灵通还给他，附带着一张纸条。"晁鸣的电话号码。"他说。

"做什么的？"卢宋问。

姜亮点歪了下脑袋，侧过身，对卢宋耳语……卢宋的眼睛一点点瞪大，充满不可置信："你疯了吧？！"

"他不会对你怎么样的，"姜亮点嘴角往上提了下，眼神坚定，"不会的。"

"不是，你为什么……"

"我有些话想问他，他太笨了，找不到我——"

"不行，不行。"卢宋连连摆手拒绝。

"我给你钱。"

"我不缺钱。"

"你不想往后安心地生活吗?让他答应你,去说服晁挥再也不找你麻烦。"姜亮点一双大眼睛直勾勾地盯着卢宋,又把刚刚那句话重复了一遍,"他会答应你的,而且他不会对你怎么样,真的。"

一小时三十分钟后,他们坐上了开往上城的大巴车,卢宋头顶着车窗昏昏欲睡,姜亮点没有丝毫困意,他的目光落在窗外飞逝的景物上,天气有回暖的迹象。

……

巷口的几只铁皮垃圾桶歪七扭八地散落着,其中两只的桶身上还有很深的凹陷,像是被人狠狠踢过。

车内,晁鸣双眸阴沉,盯着电话屏幕上的一行字:姜亮点在我这里,今晚八点来东区面粉仓库,不然我就把他交给晁挥——卢宋。

五分钟前,晁鸣朝这个号码拨了回去,没人接。

晁鸣舌尖顶了下嘴角,后齿压紧,下颌角明显。

这几天他没少在上城和临城来回跑。

东区面粉仓库在上城,距离一中不远,大概隔着三四个十字路口。卢宋来过很多次,对这里熟得很。

晁鸣单手扶着方向盘吸烟,打量着后厂房的一小片玻璃窗,那里面帘子没拉好,还亮着点光。表盘上时针指向八,晁鸣把烟丢了,背上一只书包,下了车。

四处都是废旧老设备、油漆剥落的水管、铁锈和蛛网。晁鸣走路没收着,脚步声就在整栋厂房里回荡,直到他隔着一道没门的门洞看见坐在椅子上烤火的卢宋。

晁鸣停下来。

卢宋站起来,两人相顾无言。

"你怎么跟他在一起?"晁鸣开口。

卢宋于是按照和姜亮点说好的来，清了清嗓子道："你哥让我去把他弄过来，可我不想听他的话了，也不想管你了。我要跑路，你哥知道我背叛他，我也不好过。你当我的人质，跟你哥谈判，让他再也不要找我的麻烦。事成之后，我就放了姜亮点，行吗？"

"姜亮点人在哪儿？"

"就在那边屋子里，我没对他怎么样。"卢宋见晁鸣没有回话的意思，踢了踢旁边的一把椅子，又说，"你坐在这儿，我把你捆起来……"

"带他出来给我看看。"

"他，"卢宋停顿，姜亮点现在并不在那个屋子里，于是话锋一转，"晁鸣，拜托，现在是你有求于我。"

晁鸣看着他没说话，于是卢宋继续："过来坐在这儿。"

晁鸣照他说的做了，就在卢宋弯腰捆他的时候，晁鸣猛地伸手，从包里拽出长条形物件：一根棒球杆。

"傻子。"他骂了一句，与此同时冲着卢宋挥起球杆——卢宋抬头睁大双眼，他下意识地抬手去挡，可一双手臂根本使不起力气——他的目光直直射向晁鸣身后。

也就是一瞬间的事，就是一厘米的事，晁鸣感到后颈剧痛一下，接着他眼前一黑，倒在了地上。

卢宋过了半天才开口："他速度太快了……"

"我的天……"几个小时前，姜亮点刚跟卢宋学的手刀，此时看着自己颤抖的手一脸不敢置信，大口呼吸，"我会跟他解释的，也会让他求他哥不再找你。你快走吧，谢谢了。"

姜亮点的计划不是要揍晁鸣，也不会为难他，就是让他尝一点"苦头"，偿还一下自己这七年受的苦，不知道晁鸣知道真相后会不会怪他玩笑开过了头。

26

"晁鸣，晁鸣。"

"你叫什么名字？"

"晁鸣。"

"哪个晁？"

"日兆晁。"

"明亮的明？"

"不，一鸣惊人的鸣。"

"我叫姜亮点。"

"姜亮点？"

"明亮的亮，点心的点。"

军训的时候晁鸣前面站着姜亮点。姜亮点脖子瘦，后面中间有道竖着的沟，沟顶是短短的发尾尖。

"晁鸣，晁鸣。"

教官让原地休息，晁鸣手痒拽了一下，姜亮点立刻将头转过来。那会儿他刚把帽子取了，被压得软趴的头发贴在脑门上，滑滑的汗，薄薄的眼皮。

"你怎么会长这个？老鼠尾巴。"

"美人尖，见过吗？"

"美人尖长在头顶？"

"这是不正宗的美人尖。"

"晁鸣，晁鸣。"

晁鸣皱了皱眉，周遭的景象才一点点挤进他的视线。

狭窄的五十平方米的房间，一张靠墙的折叠床，南侧墙壁高处嵌着扇装了防盗栏杆的窗户。有个人坐在他旁边，上半身低伏，窗外月亮打在他下巴上，他在说话，在喊他的名字。

"晁鸣，晁鸣。"

是姜亮点。

"晁鸣，醒醒，晁鸣。"

姜亮点裹着不合身的羽绒服。他试图把衣服脱下来给晁鸣盖在身上。

"你冷吗，"姜亮点问，"我衣服脱不下来……你冷吗，晁鸣。"

晁鸣单眼半睁，嘴角挂着痂脱落后的痕迹，左侧太阳穴有几道灰印。他的记忆卡在自己向卢宋冲过去、后颈一痛的时候，接着就什么都记不得了。

窗外是白蒙蒙的冬末景象，风大叫，捶打窗栏，窗内是六面水泥墙，空气被挤压得冰凉而流动缓慢。晁鸣觉得冷，好似身上仅存的热量来自姜亮点盖在他身上的半件羽绒服，他想伸手去拉姜亮点，才惊觉自己的双手被紧紧捆绑在身后。

"这是哪里？"晁鸣问，声音不大。

姜亮点冻得鼻头发红，说："我不知道。在医院里，我以为他是你的朋友，就跟他走了，他把我带到这个地方。"

晁鸣还想问别的问题，姜亮点制止他，小声说道："他们有两个人，别被他们听见了。我刚刚自己用牙解开了一只手，"他的另一只手还被绑在折叠床床头的铁杆上，旁边有条麻绳，"我先帮你解开。"

"刚才怎么不帮我解？"晁鸣也学他小声说话。

"刚才，"姜亮点帮晁鸣坐起来，"你太重了，手在后面，我够不到。"

晁鸣的手被绑得很紧，压在后腰上。不知为何他现在感到浑身乏力,只好借着姜亮点的力气翻了个身,趴在床上。

绳是卢宋教姜亮点绑的。卢宋干这种事太多次了,太了解怎么捆才能让人如何都挣脱不得了,这次一是因为他现在手上劲不大,怕捆不结实,二是姜亮点需要学,不然自己解不开。

那扇小窗装得松,外面风一吹,就被室内气压压得震荡,再"哐"的一声回来。晁鸣侧过脸,从姜亮点的角度只能看见他凌乱头发下一截高挺的鼻子。

"你头发有点长了,"姜亮点继续用左手装模作样地解绳子,"还有胡子。"

"没时间弄。"晁鸣回答。

"我解不开……"姜亮点努力折叠上身,直到胸口贴上大腿,开始用手和嘴一起解绳子,"好忙啊,都没时间打理自己。"他口齿不清地说。

"我回来你就不见了。"

姜亮点会解,现在他慢吞吞地解着,不太着急,甚至有点享受。

他觉得此时此刻自己是掌控晁鸣的,而且是清醒的晁鸣,这还是他二十多年人生中的第一次。甚至能够决定他的死活。好像在这短短的几分钟里,他不再是那个浑浑噩噩的姜亮点,不再是没人喜欢的孤独高中生……他是晁鸣的救世主,是手术台上威风的姜医生,是靠在栏杆边阴谋得逞的反派人物。好像在这场博弈中,他终于占了上风。

"谢谢你来找我。"姜亮点磨磨蹭蹭解开一段,直起身对晁鸣说。

"不客气。"

姜亮点听到有点生气,他觉得晁鸣几乎是在讲"客套话",他没想过晁鸣这么回答。

冬末了,回暖了,新年快要过去,夜里还是冷。风在呼啸,灰色房间锈迹斑斑。

晁鸣声音不大,被捂在那床硬冷的被褥里。

"姜亮点。"忙着的姜亮点隐约听见晁鸣在叫他，但耳边衣物摩擦的声音更甚，那三个字被夹在里面，像初春破开冻土的芽。

"也谢谢你来找我。"

姜亮点停住动作。他眨了眨眼，抽了抽鼻子，只有几秒钟，然后嘴上和手上的动作开始加速，没多久就只剩下最后一个结了。

"不客气。"

晁鸣笑了一下，很快，姜亮点没看到。

他把绳子完全解开了。

晁鸣翻过身，活动手腕。身上那股无力感还在，身上也冷，可能是着凉了。

"你没什么事吧？"他想坐起来，扯了下姜亮点的袖子，想把他右手的绳子也结开。

姜亮点扶他起来，低着头没看晁鸣的眼睛，同样他也没回答晁鸣的问题。

后颈疼痛，头微晕，刚清醒的原因，晁鸣瞳孔略大、眼底漆黑，一张带着伤痕和脏污的俊脸，没什么表情，谈不上担心，唯一能看出来的是一些侵略性的探究。

这一切都是设计好的。姜亮点眼睛和鼻头都红着，心虚，眼神开始躲闪。

"没什么事吧，点点？"

"手臂，"姜亮点告诉自己要镇定，然后把目光转移到受伤的手臂上，"开始长新肉了。"

晁鸣两只手很快就把姜亮点被绑着的手解开，姜亮点揉着发疼的手腕，换了个姿势。这下，刚刚照在他下巴上的那汪月光落在晁鸣脸上，他才发现不对劲。

"晁鸣，你脸怎么这么红？"

27

  晁鸣靠在床头，单腿曲折。他仰着下巴，两侧脸颊红得不太自然，呼吸声也略重。姜亮点见状慌张地把羽绒服完全脱下来，盖在晁鸣身上。接着他用手探了探晁鸣的额头，又在自己的额头试了一下。

  "有点烫。"他说。

  "脱了你不冷吗？"晁鸣问。

  姜亮点甚至还穿着医院里的病号服，只是在外面套了件不薄不厚起了球的高领毛衣，能看见蓝白条纹的下摆。

  "冷，"姜亮点回答，"但你好像发烧了。"

  他在心里骂自己，其实晚上用电击棒弄倒晁鸣后姜亮点简直手忙脚乱，和卢宋好不容易才把晁鸣扛到屋子里。卢宋手上没劲，晁鸣个子高体重不轻，他费了不少功夫。姜亮点不确定晁鸣什么时候会醒，战战兢兢提心吊胆地等。晁鸣一个人在冷飕飕的床上躺着，不生病才怪。

  冷，怎么不冷？姜亮点把毛衣领子提上来包住下巴。"你喝水吗？"他从床底下拿出半瓶矿泉水并解释道，"他送的，今天的我还没喝完。"

  晁鸣摇摇头，现在他并不渴，况且嫌凉。

  "你应该是真发烧了。"姜亮点担忧地说。晁鸣呼出的每口气都烫得不行，看自己的时候垂着眼睛，睫毛低垂，"脆弱"，简直和傍晚掂起球杆抡人的时候判若两人。

  他不舒服，姜亮点看得出来，甚至动了和盘托出的心思。

  "发烧会传染吗，姜医生？"

"通常来说，病毒感染引起的发烧才会传染，你是着凉了，没事的。"姜亮点回答。

晁鸣应声，身体往下滑了几厘米："我们得出去。"

"出去，肯定要出去。"

"怎么出去？"

"我得想想，等天亮了，暖和了……"姜亮点有办法，还没到讲出来的时候。

"你说，"晁鸣对着姜亮点，"卢宋关我做什么？钱我都给他了。"

姜亮点抿下嘴，眨眼的频率很高，脑袋高速运转，想要找出个合适的答案。他没成功："不知……"

"想讹晁挥的钱吧！"

"啊，"姜亮点瞬间睁大眼睛，"对，我隐隐约约听见他……说过。"

晁鸣沉默，姜亮点见状主动开口："你脸上的伤哪来的？"

"晁挥打的。"

这次换作姜亮点沉默了。

一时间二人没再交流，晁鸣还在不自觉地发抖。

不久姜亮点突然坐起身，没了羽绒服，他被冷得狠狠哆嗦了一下。

"我和你哥没什么关系。"他缩着身子，把声音调小，咕咕哝哝又说了句，"也没有任何交易。"

"姜亮点。"晁鸣叫他名字。

"嗯。"

"那天……"他说。

那天。哪天？

好像没有具体的年份日期，那天，那天，人们喜欢说那天。那天上城一中九三届的学生在基地军训，那天全校停电两个调皮的小孩逃课去少年宫看电影，那天期中考试成绩出来有人没考好，那天T大满天星出现了炒冰摊,那天下雨有人没带伞,那天一根钢笔被生生摔坏,那天一辆汽车撞向另一辆,那天日出,那天日落,那天,那天,人们喜欢说那天。

姜亮点坐起来,头发因为静电翘起几缕,在空中像是灰色的。

"晁鸣你发现没有,我们总是要聊这些事。"他随便抹了把脸,"我们可以说点未来的东西吗?"

未来。哪天?

姜亮点要把他的诊所越做越大,审批下来后转成医院,他会找个伴侣。晁鸣要留校任教,成为 T 大金融学院年轻帅气的教授,会在晁挥的安排下和罗宵子举行婚礼,他们以后会要个孩子。

全乱了。

灰尘,爬着锈的铁床脚,风,吹着干枯的树枝,月亮投下光穿过窗户的隧道。隧道的尽头是晁鸣和姜亮点,他们眼神坚定,看向窗外的目光,犹如看向自己崭新的未来。

28

  床上的海绵垫子是姜亮点和卢宋在面粉厂值班室里翻出来的,表面不脏,就是总能掸出点灰来。再上的一叠棉褥是他们现买的,时间仓促,质量不好,很薄。

  "我喊他过来,"姜亮点说,"让他给你买点药。"

  "他听你的话啊。"晁鸣淡淡问了句,最后那个"啊"似扬非扬。姜亮点也是着急了,没在意晁鸣语调中的异常,说:"你病坏了,他没办法跟你哥交差。"

  "是吗?"晁鸣笑了一下,但那笑意不深,只是从鼻腔里窜出的气。不知道是不是发烧的原因,晁鸣说话懒洋洋的。

  "他来了,把我们重新绑回去怎么办?"

  "不会的。"

  "我想出去,点点,"晁鸣说,"这里很脏很乱,我不喜欢。"

  天要亮了,冬天日出晚,现在窗外是一片青紫色,像块干硬的抹布。姜亮点抿嘴,做了什么决定似的:"我们天亮之前就出去。"

  "你想到好方法了?"晁鸣几乎是以一种早有预料的口气说出这句话。

  姜亮点坐起来帮他把身上的衣服盖好:"我有个办法,就是不知道能不能成。"

  "需要我帮你吗?"

  "躺好,"姜亮点压下晁鸣欲要起来的肩膀,"你生病了,我自己就可以。"

姜亮点下了床,实在是冷,可他强忍着寒意跪在地上,装模作样地鼓捣了一番,最后从床下拿出一根只锈了首尾的铁棍。当然,是事先准备好的。

"力气挺大。"晁鸣看着面上一副邀功表情的姜亮点说。

"好掰的,旁边都烂掉了。"姜亮点一边解释一边重新坐回床上,摆弄了阵子海绵垫上的褥子,找到线脚后直接上嘴咬。

晁鸣皱了皱眉:"脏不脏?"

还行,姜亮点自己心里知道,刚买的。咬断了几根线,褥子的面儿就好撕了,他龇牙咧嘴地把面儿的那层布生生撕掉一长段。在他扯拽布检查韧性的时候,晁鸣有些吃惊,现在的姜亮点和他认识的姜亮点又不一样了。

"好了,然后就是……"姜亮点觉得自己好像热起来了,不知道是什么原因,他现在极度兴奋,在把那半瓶矿泉水浇到布上之前又问了遍晁鸣要不要喝。

晁鸣看着姜亮点走到那扇窗前,把浸湿的布套在两根防盗栏上,另一头则牢牢系上铁棍。接着他开始旋转,湿布拧成长长的螺旋状条,两根防盗栏的距离越来越短……直到贴在一起。接着他又用同样的方法处理了另一侧的防盗栏,于是防盗栏中间就出现了足够一人通过的空隙。这空隙对姜亮点来说绰绰有余,晁鸣身材高大,可能会有些吃力。

"姜亮点,"晁鸣坐起来,"上次你就是这样走的?"

"嗯,用你的酒瓶和枕罩。"姜亮点跳了几下,扭头冲晁鸣笑。

姜亮点使劲往上一跃,差了一点儿,就要往下落的时候,晁鸣的手托住了他,把他往上送。姜亮点扒着窗台,脚蹬着墙,终于上去,蹲在窗台上冲晁鸣伸手并说道:"把手给我。"

晁鸣没去够他,而是试了试高度,举高胳膊,双手扒窗台,一个猛蹬，整个人都拔了起来。姜亮点见状连忙后撤，落地的时候没掌控好，摔坐在地上。等晁鸣完全下来的时候，姜亮点在拍屁股后的灰。晁鸣拍拍手上的灰，姜亮点上前一步，说："走吧。"

"走。"晁鸣回道。

晁鸣的车还在原来位置停着，钥匙也在里面。姜亮点让晁鸣坐在副驾驶座，自己去开车。

实在太早了，淡色的橘光从青紫中析出，还看不见太阳。路口有几家卖早点的在炸东西，商店都紧紧闭着门。

姜亮点问晁鸣："现在觉得好点了吗？"找不到二十四小时营业的药店，他就下车给晁鸣买了杯热豆浆，车里还暖烘烘开着空调，晁鸣觉得舒服了不少。他们停在路口等待药房开门。

"太阳升得很快，"姜亮点安慰晁鸣，"一闭眼再一睁眼，它就蹿上去了。那时候药店肯定开门，我去给你买药。"

"你哄小孩子啊。"晁鸣靠躺座椅上，眼睛眯缝着看姜亮点。

"我那儿小孩子不少呢，吃坏牙的，拔牙的，洗牙的，每次都要哄。"

姜亮点用手探了探晁鸣额头，没之前那么烫。

"点点。"

"嗯。"

"你看。"

晁鸣下巴朝姜亮点的侧后方抬了抬，姜亮点顺着他的视线转过去，看见刻着"上城市第一中学"七个大字的竖匾。

"那之后你回过学校吗？"晁鸣问他。

"说好不再提以前的事了……"姜亮点不想说，后来还是妥协，"好吧，我回去过，拿学籍，不然之后没办法参加高考。我去的时候同学们都在上晚自习呢。"他看着晁鸣的眼睛，"嗯……那天我甚至在想，你翘课的话我会不会碰见你。"

"高中我满共翘了四次课,"晁鸣说,"一次陪你看电影,一次带你上牙套,一次你考得不好陪你散心,还有一次去操场找东西,好像也因为你。"

姜亮点把黑石头项链从衣服里提出来:"谢谢。"

"现在要吗?"

姜亮点点头:"要。"

1993年一中操场西侧的大铁门不知道被谁割开一个小口,照着铁门骨架划的,铁皮掀开就能进出,很难发现。

西门,西门笑口常开。高二的姜亮点如此许愿。

跑道由黑石子变成红塑胶,乒乓球台后那片竹林被砍了,种上还没发芽开花的月季,东校园的人工湖换了一次又一次的水,开始养荷花,教学楼外墙重新粉刷,每间教室都装着蓝色窗帘,楼顶的水箱被拆了,然后被安装了防护栏。

晁鸣和姜亮点站在教学楼顶水箱留下的深色方块里。

"我们走吧……"姜亮点担心晁鸣吹风加重病情。

"你看,天亮了。"

"是,我们回车上吧,药店肯定开门了。"

"姜亮点,"晁鸣站到防护栏旁边,转头看着姜亮点,"我挺开心的,感觉很自由。"

晁鸣将身上的厚衣服往中间拢了拢,问道:"学校变化好大,我差点都认不出来了。这几年你回来过吗?"

"没,"晁鸣回他,"其实班里每年都有人组织同学聚会、回学校看老师,我没去过。"

"没人叫过我。"姜亮点声音干巴巴的。

"今年再给我打电话我就答应他们,然后喊上你。"

姜亮点虽然被吓到，脸上笑容却慢慢堆起来："我不敢。"

"得了你，"晁鸣笑了起来，"在我哥面前承认干坏事那会儿胆子多肥？"

姜亮点咂咂嘴问："你说，你以后怎么办……"

"去你家。"

"啊？"

"你把我害惨了，不负责吗？"姜亮点还没反应过来，晁鸣又补了句，"以前我误会你，把你害惨了，也要补偿起来。"

姜亮点侧脸去看晁鸣，晁鸣在讲这些话的时候没有看自己，他的目光落在远处的霞光上，太阳出来了三分之一。

姜亮点仿佛回到了曾经，那时候一中操场跑道上铺着黑石子，竹子长得又细又高，项链还未沉在人工湖底。那时候是傍晚，现在是黎明。刚升起的太阳红彤彤，温度刚好，阳光溅在晁鸣和姜亮点的身上，使他们看起来金光闪闪的。

【正文完】

番外 同学会

刘好到春荷轩的时候还早,人来得少,包间里有几个围着班长说话的同学冲她打招呼,她没多犹豫就走过去加入。

"小好!"班长笑眯眯地拉过刘好的手,"来啦?"

今天是上城一中九三届三班的同学会。与往年不同,今年的时间早了些,因为班主任老王开春的时候被查出得了胰腺癌,班长打算吃过饭后和同学们一起去医院看看老师。

刘好把买的水果篮放到旁边的桌子上,竖着耳朵听那帮人聊工作结婚生孩买房。她没什么好说的,她在东宇百货的一家手表店当了店长,有个谈了两年打算今年结婚的男友……她拿出电话,给男朋友发短信让他今天下午去医院接她。

"……他要来啊?"

"……晁鸣……"

"他人现在是做什么的?"

"考上T大……然后……"

"婧,"有人推了推班长,"他怎么说的?"

班长摊手道:"以前年年找,他都推辞,今年我就没找他,谁想到

247

他却来找我了。"

"谁？"刘好发过短信，才把注意力重新放回大家的讨论上来。

"晁鸣。"

晁鸣。刘好感觉整个人一激灵。不知怎么，这个名字过了她的脑袋，接连着的却是另一个名字，她的同桌。前年见过他，姜亮点样子没变，和高中一样瘦瘦细细的。

"以前不是没来过吗，怎么今年要来？"

"可能是要看老王？"

"也许吧。"

"诶，你们知不知道他……"

大家聊的东西刘好插不进嘴，她就靠在座椅上一边配合着大家笑，一边继续回忆高中往事。

那天早上姜亮点吃了她的秀逗糖，从办公室回来就开始收拾东西，之后她就再也没见过他。老王给她换了新同桌，一个不太爱说话的女生，刘好开始想念晚自习和她偷偷吃糖的姜亮点。再后来班里开始有些碎话，议论姜亮点的桌子为什么空掉，议论晁鸣为什么两天没来上学。

"人快到齐了吧，咱们先点菜？"

班长组织大家就座，在刘好旁边空了两个位置，刘好不明所以就问她那里坐的是谁。

"晁鸣。"班长冲她眨眼睛。

"不要啊。"刘好小声拒绝，她不想坐在"话题中心"的旁边。

"哎，"班长跟她咬耳朵，"还有姜亮点。"

刘好眼睛瞪得浑圆："啊……姜亮点也来吗……他和……"

"晁鸣说他们一起来，让我先不要和大家讲。"

……

"姜亮点，"晁鸣把车停好，"准备好了没？"

姜亮点低着脑袋，手放到自己的左胸口："咚咚咚。"

"傻子。"

晁鸣朝他胸口捶了一拳，接着下车，绕过来打开副驾驶室一侧的车门。

"走。"他对姜亮点说。

"我真挺害怕的……他们都不记得我了吧？"

"之前不是挺兴奋的吗，怎么现在害怕了？"

姜亮点慢吞吞地下车，他站在马路牙子下，晁鸣站在马路牙子上。

看他愁眉苦脸的样子，晁鸣笑了下："行了，走吧。"

今天周六，晁鸣没课，姜亮点也跟诊所请了假，虽然饭局定在中午，但姜亮点起了个大早。于是晁鸣早上起来去厨房喝水的时候就看见这样一幕：两扇窗户大开，姜亮点只穿着老头背心和大裤衩坐在窗前，闭着眼睛吹风。

上周晁鸣跟班长打电话说了同学会的事，他打算今年去，也叫上姜亮点。巧的是班长说因为班主任生病，同学会提前到下周，姜亮点兴奋了一个星期劲儿也没缓过来。

晁鸣没打扰他，坐到沙发上开始收拾昨晚改的作业。T大本硕，教学经验丰富，他很轻松地在临城医学院当了讲师，一年多过去，最近有个机会晋升副教授。现在晁鸣住在姜亮点家，两室一厅没有书房，只能在客厅办公。

昨天晚上姜亮点吃西瓜的时候，还不小心将汁水溅了两滴到学生作业上。晁鸣戴上眼镜，拿起那本作业看，还没看两行，正吹风的姜亮点突然走过来，站在他跟前。

晁鸣抬手扶了扶眼镜，静待下文。

"我大学时做过梦，"姜亮点说，"就是多年后回到一中，把所有说过我不好的人都气死。"

"一会儿你就梦想成真了。"

"为什么？"

"班长说吃过饭去看老王，他好像住院了。"

姜亮点身体僵硬了两秒。

"不去了。"姜亮点说。

"行。"

"有什么好去的？"

晁鸣没接他的话。沙发窄，他往后靠着靠枕让自己舒服些，姜亮点也没再发出声音。

……

快一个小时后，两人终于准备出发，到的时候已经距约定时间晚了二十分钟。

"你先进。"姜亮点对晁鸣说。

晁鸣推开门的时候，整个包间安静了几秒钟。直到晁鸣说抱歉迟到了，班长才站起来迎接，看见只有他一个人，问道："亮点呢？"

晁鸣扭头，把缩在后面不敢往前走的姜亮点拉了进来。

气氛有些尴尬，最后还是刘好起来打破沉默，她拍了拍身边的椅子，对姜亮点说："快来快来，给你留的位置。"

"这几年有点忙，所以都没能来参加大家的聚会，真不好意思，"晁鸣坐得很端正，"一会儿我自罚三杯。"

"理解，理解。"高中和晁鸣关系不错的一男同学出来打圆场，几个熟悉的又交流了几句话，饭桌上的氛围才逐渐热络起来。晁鸣自高一就人缘好，大家都爱跟他玩，也都有的聊，倒是没几个人和姜亮点搭话。他高三没多久就退学了，这么些年过去，有的同学可能都不记得班上有过这样一个人。

"哎，"刘好撞了下姜亮点的胳膊肘，"我今年要结婚了，邀请你你会来不……"

"肯定呀。男朋友帅吗？"

"还行，就是……"

刘好和姜亮点有说不完的话，一谈起来就没完没了，刘好说事情和以前一样好玩，姜亮点笑得肩膀发抖，刚刚进门时的小尴尬烟消云散。

"所以你现在是在大学当老师？"有人问晁鸣。

晁鸣点头。

服务员端来几道热菜，就在这时一道不和谐的声音插进来："在哪儿，T大吗？"晁鸣看到问出这句话的人——高美妮。

自从晁鸣和姜亮点进来，高美妮的眼睛就没离开过他们。

"不是，"晁鸣笑着回答高美妮，"我在姜亮点的大学当老师，教高数。"

大家的目光汇聚到姜亮点身上："他不是……他不是辍学了吗？"高美妮不依不饶地问。

姜亮点还在和刘好说小话，感觉饭桌上突然安静下来才抬头，见大家都在看他才开口："怎么了？"声音不大。

高美妮落筷，下巴高扬，声音刚刚好、很清晰："姜亮点，你为什么辍学啊？"

没人敢问这问题的。姜亮点不讨人厌，班上的同学也并不都冷漠自私、爱揭人短处。

刚刚活跃起来的气氛又降到了冰点，姜亮点对着高美妮不自然地眨眼睛、吞口水。

"我……"姜亮点刚张开嘴，话还没说出口，晁鸣的声音就从旁边传来，清晰而稳重。

"他当年离开学校，是因为家里出了些变故，不是因为大家听说的那些流言。"晁鸣平静地环视了一圈，语气虽轻，却透着一股不容置疑的坚定，"很多事情没必要去猜测。"

高美妮微微一怔，似乎没想到晁鸣会不给她面子，竟然替姜亮点说话，一时之间有些不知所措。其他同学也纷纷低下头，心中暗暗责怪高美妮不该如此刻意刨根问底，显得有些不合时宜。

刘好趁机拉了拉姜亮点的手臂，小声笑道："别理她，继续说咱们的事儿呢。"姜亮点的脸上重新露出放松的笑容。

晁鸣端起面前的酒杯，朝众人微微一笑："今天大家聚在一起都是为了怀念过去，我也想趁这个机会向大家澄清：我和点点之间没有任何所谓的利益纠葛，之前的误会和流言都不要再提了，过去的事情早就过去了，祝大家以后都越来越好！"

话音落下，饭桌上的气氛再次回暖，仿佛刚才的尴尬从未存在过。几个同学互相点头应和着，纷纷举杯庆祝重逢，刘好带头喝了一口，挤挤眼睛："那咱们就不说这些了，今天好好聚一聚！"

姜亮点看着晁鸣，好像又看到了那轮太阳。

© 团结出版社，2025 年

图书在版编目（ＣＩＰ）数据

岁末至 / 人可木各著. -- 北京：团结出版社，
2025. 2. -- ISBN 978-7-5234-0924-4

Ⅰ. I247.5

中国国家版本馆 CIP 数据核字第 2024QV3932 号

责任编辑：张　茜
封面设计：谷　雨

出　版：团结出版社
　　　　（北京市东城区东皇城根南街 84 号　邮编：100006）
电　话：（010）65228880　65244790
网　址：http://www.tjpress.com
E-mail：zb65244790@vip.163.com
经　销：全国新华书店
印　装：三河市兴博印务有限公司

开　本：145mm×210mm　32 开
印　张：8.125　　　　　　　　字　数：193 千字
版　次：2025 年 2 月　第 1 版　印　次：2025 年 2 月　第 1 次印刷

书　号：978-7-5234-0924-4
定　价：49.80 元
　　　　（版权所属，盗版必究）